E 2,00 La
W 31

# Fünf Freunde und der verdächtige Professor

Enid Blyton, 1897 in London geboren, begann im Alter von 14 Jahren, Gedichte zu schreiben. Bis zu ihrem Tod im Jahre 1968 verfasste sie über 700 Bücher und mehr als 10 000 Kurzgeschichten. Bis heute gehört Enid Blyton zu den meistgelesenen Kinderbuchautoren der Welt. Ihre Bücher wurden in über 40 Sprachen übersetzt.

*Enid Blyton* ™

# Fünf Freunde
## und der verdächtige Professor

## Neue Abenteuer

Aus dem Englischen von Catrin Frischer

Illustriert von Silvia Christoph

**Weltbild**

Genehmigte Lizenzausgabe für
Verlagsgruppe Weltbild GmbH, Steinerne Furt, 86167 Augsburg
Copyright © 1980 by Librairie Hachette
Ein neues Abenteuer der von
Enid Blyton erfundenen Figuren „Fünf Freunde".
Diese Geschichte erschien erstmals bei Librairie Hachette, Paris,
unter dem Titel *Les Cinq Jouent Serre*
und wurde geschrieben von Claude Voilier.
Enid Blytons Unterschrift und „Fünf Freunde"
sind eingetragene Warenzeichen von Enid Blyton Limited.
Die englische Ausgabe erschien unter dem Titel
*Five and the Strange Scientist.*
Copyright © 2003 für die deutschsprachige Ausgabe by
OMNIBUS / C. Bertelsmann Jugendbuch Verlag, München
in der Verlagsgruppe Random House GmbH
Übersetzung: Catrin Frischer, Hamburg
Lektorat: Nicola Bardola, München
Umschlagbild und Innenillustrationen: Silvia Christoph, Berlin
Umschlagkonzept: Coverdesign Uhlig, Augsburg
Gesamtherstellung: Bagel Roto-Offset GmbH & Co. KG,
Gewerbegebiet Sachsen-Anhalt Süd, Kirchweg,
06721 Schleinitz

Printed in Germany

ISBN 3-8289-6035-9

2008  2007  2006
Die letzte Jahreszahl gibt die aktuelle Lizenzausgabe an.

Einkaufen im Internet: *www.weltbild.de*

# Ein Wissenschaftler kommt zu Besuch

Georg tobte mit ihren Freunden über den Strand von Felsenburg. Das war der Ort, an dem Georg und ihre Eltern wohnten, in einem Haus, nicht weit vom Meer entfernt. Georgs Kusine Anne und ihre Vettern Julius und Richard verbrachten fast alle ihre Ferien bei Georgs Eltern, Tante Fanny und Onkel Quentin. Georg, die eigentlich Georgina hieß, fand das toll, denn die Kinder hatten immer viel Spaß miteinander.

Jetzt rannten sie am Strand entlang und warfen sich dabei einen Ball zu. Das war nicht irgendein albernes Spiel, man brauchte viel Geschick und gutes Augenmaß dazu, und außerdem wollten die Fünf Freunde sich fit halten. Ja, sie waren fünf, der Fünfte im Bunde war nämlich Georgs geliebter Hund Tim, der am Wasser entlangrannte und die Möwen verbellte.

»Lass das, Tim!«, rief Anne ihm zu. »Die Möwen sind hier zu Hause. Dir würde es auch nicht gefallen, wenn dich jemand aus deinem gemütlichen Korb vertreiben wollte.«

Als die Kinder genug von ihrem Ballspiel hatten, setzten sie sich in den weichen gelben Sand. Tim legte sich hechelnd neben Georg.

»Mensch, bin ich froh, dass Ferien sind«, sagte Georg. »Wir können spielen und baden und in meinem Boot rausfahren und jede Menge Spaß haben.«

»Stimmt, aber wir werden bald nicht mehr allein am Strand sein«, sagte Julius. »Wir sollten die Zeit gut nutzen, bevor die Touristen und Feriengäste kommen.«

»Und diese Wissenschaftler, vergiss die nicht«, sagte Richard.

»Aber ich glaube nicht, dass die am Strand Fußball spielen wollen.«

»Meinst du die Wissenschaftler, die zu dieser Komparenz wollen?«, fragte Anne, die das schwierige Wort kaum über die Lippen brachte.

Georg und Richard wälzten sich vor Lachen im Sand. Julius aber lächelte seiner kleinen Schwester freundlich zu und sagte: »Konferenz, liebste Anne, das heißt Konferenz.«

»Ach ja, stimmt: Konferenz«, sagte Anne mit nachdenklich gerunzelter Stirn. »Ich weiß aber, was das ist. Da treffen sich nämlich eine Menge Wissenschaftler und die Konferenz findet in Tenkendorf statt und das liegt nicht weit von Felsenburg entfernt.«

»Das sind nicht einfach irgendwelche Wissenschaftler«, sagte Richard. »Das sind die erstklassigsten und brillantesten Wissenschaftler der ganzen Welt, die von ihren Regierungen zu dieser Konferenz nach Tenkendorf geschickt werden, damit sie ungestört und in schöner Umgebung über ihre Forschungen und Erfindungen berichten können.«

Georgs Augen funkelten. »Ich hab eine Überraschung für euch!«, sagte sie. »Ihr wisst ja, mein Vater, der berühmte Wissenschaftler Quentin Kirrin, wie er in den Zeitungen gern genannt wird, nimmt auch an der Konferenz teil. Aber da ist noch was, was meine Mutter mir erst heute Morgen erzählt hat. Zu dieser Konferenz kommen nämlich so viele Wissenschaftler, dass die Hotels und Pensionen und die Privatleute, die in Tenkendorf Zimmer vermieten, gar nicht alle unterbringen können. Und deshalb wohnt der Berühmteste von allen während der Konferenz bei uns im Felsenhaus. Mein Vater wollte ihn schon seit Ewigkeiten mal kennen lernen.«

Die Geschwister waren schwer beeindruckt. »Was?

Ein Wissenschaftler aus dem Ausland soll im Felsenhaus wohnen?« Richard konnte es kaum glauben.

»Ja, und nicht irgendeiner. Sondern Professor Nikolas Kolkov höchstpersönlich.«

Von dem berühmten Professor Kolkov hatte sogar Anne schon gehört. Er kam aus Varania, einem kleinen Staat im Osten Europas, den er durch seine Forschungsarbeiten auf der ganzen Welt bekannt gemacht hatte. Die Medien berichteten immer wieder über ihn und betonten, dass ihm nur zwei Dinge wirklich etwas bedeuteten: sein Sohn Alex und die Forschung. Forschung wurde bei ihm ganz groß geschrieben.

»Sein Sohn kommt auch mit«, fuhr Georg fort. »Die beiden sind noch nie in England gewesen und sie wohnen beide bei uns. Alex Kolkov ist siebzehn.«

»Dann ist er wohl noch nicht zu alt zum Ballspielen oder Schwimmen«, sagte Richard. »Hoffentlich werden wir Freunde.«

»Dazu müsste er aber ein bisschen geselliger sein als sein Vater«, meinte Georg. »Ich hab gehört, sein Vater sei ein ziemlich eigenbrötlerischer Typ, der kaum ein Wort herausbringt, wenn es nicht gerade um seine Arbeit geht.«

»Na, das wird ja ein Riesenspaß«, stöhnte Richard. »Warum hat Onkel Quentin denn ausgerechnet den eingeladen?«

»Weil er sich für dessen Arbeit interessiert, nehme ich an«, sagte Georg. »Du weißt doch, wie tief mein Vater immer in seinen eigenen wissenschaftlichen Projekten steckt. Aber unter seiner rauen Schale soll dieser Professor ein goldenes Herz haben.«

»Na, dann haben wir ja noch eine Chance«, sagte Julius. »Wir können nur hoffen, dass der Professor und sein Sohn uns mögen, nicht wahr? So, und wer kommt jetzt mit ins Wasser?«

Alle! Die Fünf Freunde stürzten sich unter fröhlichem Geschrei – und Gebell – in die Wellen.


Am nächsten Tag sahen sie in den Fernsehnachrichten, wie die Kolkovs am Flughafen von London eintrafen. Mit großem Interesse musterten sie den alten Wissenschaftler, als er die Gangway herunterkam. Bald würde er mit ihnen unter einem Dach wohnen!

»Er sieht ein bisschen finster aus«, sagte Anne leise. Sie überlegte einen Augenblick und fügte dann hinzu:

»Wie ein großer, brummiger Bär.« Mit seinen buschigen Augenbrauen und der rauen Stimme erinnerte der Professor wirklich an einen Bären. Geduldig antwortete er auf die Fragen der Reporter.

»Aber ich finde, er ist nett«, sagte Anne etwas später.

»Na klar ist er nett«, stimmte Richard ihr zu. »Fast so nett wie sein Sohn.«

Alex Kolkov stand während der Interviews neben seinem Vater und lächelte. Er war ein schlanker blonder Junge mit einem verträumten Gesichtsausdruck.

Eine Menge anderer Leute stiegen auch noch aus dem Flugzeug aus. Die Kinder sahen sie sich genau an. Ein Reporter stellte Alex Kolkov gerade wieder ein paar Fragen, und die Kinder waren froh, dass er sie mühelos auf Englisch beantworten konnte.

»Heute bleiben die beiden noch in London«, sagte Georg. »Aber morgen holen mein Vater und zwei andere Wissenschaftler sie in Tenkendorf vom Bahnhof ab. Guckt bloß mal, wie diese Reporter sich um ihn reißen. Das liegt daran, dass der Professor nur ganz selten ins Ausland reist.«

»Meinst du, dass Onkel Quentin uns zum Bahnhof mitnimmt?«, fragte Julius.

»Aber ja doch, mein Junge«, sagte da Onkel Quentin, der genau in diesem Augenblick zur Tür hereinkam. »Ihr könnt gern mitkommen, aber im Auto ist kein Platz für euch alle, ein paar müssen also mit dem Rad zum Bahnhof fahren. So bleibt ihr fit.«

Den Fünf Freunden machte das nichts aus. Sie beschlossen, dass sie alle nach Tenkendorf radeln und sich während der offiziellen Begrüßung von Professor Kolkov und dessen Sohn im Hintergrund halten würden.

Auf dem Rückweg sprachen sie über die Gäste. »Ehrlich, ich war ein bisschen enttäuscht«, sagte Georg. »Ich fand, dass die beiden im Fernsehen viel netter wirkten.«

»Ach, hör doch auf, Georg!«, sagte Julius. »Das kannst du doch jetzt noch gar nicht sagen. Wir haben sie auf dem Bahnhof ja kaum gesehen. Wenn wir zu Hause sind, lernen wir sie besser kennen, und dann wissen wir erst, ob sie nett sind oder nicht.«

Als die Kinder ins Felsenhaus zurückkamen, hatte Tante Fanny gerade Tee gemacht und Onkel Quentin und die Gäste saßen schon am Tisch. Die Kinder wurden vorgestellt und der Professor und sein Sohn be-

grüßten sie herzlich. Der alte Wissenschaftler streichelte sogar Tim und Alex lächelte den Fünf Freunden freundlich zu.

Nachdem die Kolkovs ihre Koffer ausgepackt hatten, war es Zeit zum Mittagessen. Tante Fanny hatte einen Lammbraten zubereitet und zum Nachtisch gab es Erdbeeren mit Schlagsahne. Ihre Gäste sollten die englische Küche von ihrer besten Seite kennen lernen, sagte sie. Die Kinder meinten aber, dass der Professor und

Onkel Quentin überhaupt nicht merkten, was sie aßen. Die beiden waren in ein Gespräch über irgendetwas vertieft, von dem niemand sonst am Tisch etwas verstand. Tante Fanny seufzte kopfschüttelnd: »Und gleich wird übers Geschäft geredet!«

Nach einer Weile fiel den Kindern etwas auf: Es war nur Onkel Quentin, der redete. Der Professor hörte zu und warf ab und zu mal ein »Ja« oder ein »Nein« ein und schüttelte den Kopf. Er schien wirklich ziemlich einsilbig zu sein.

Alex machte das wieder wett, denn er war sehr nett zu den Kindern. Sie waren ja alle viel jünger als er, aber das schien ihn nicht zu stören. Julius und Richard mochten ihn sofort. Anne fand, dass er sehr gut aussah, und hörte ihm voll Bewunderung zu, wenn er etwas erzählte. Georg war die Einzige, die sich in seiner Gesellschaft nicht ganz wohl zu fühlen schien.

Warum das so war, wusste sie selbst nicht. »Ich finde, der trägt irgendwie zu dick auf«, sagte sie später, als die Fünf Freunde wieder unter sich waren. »Sein Vater ist genauso bärbeißig, wie man sich erzählt, aber dieser Alex – also irgendwie ist der mir zu freundlich.«

Richard prustete los. »Ehrlich, Georg, du bist ja nicht

zu retten. Was muss der arme Kerl denn anstellen, um dir zu gefallen? Ich finde, er ist ganz okay. Und ich kann dir nur sagen, dass sich viele Jungs mit siebzehn viel zu erwachsen vorkommen, um sich mit uns zu unterhalten. Er ist überhaupt nicht eingebildet, obwohl sein Vater ein so berühmter Wissenschaftler ist.«

»Also, mein Vater ist auch ein berühmter Wissenschaftler! Bin ich etwa eingebildet?«, sagte Georg. »Ich mein ja nur, dass Alex …«

»Wuff!«, unterbrach Tim sie.

Georg sah ihren Hund an. Seine Augen glänzten und er wedelte wie verrückt mit dem Schwanz.

»Er will dich nur daran erinnern, dass Alex ihm einen Keks gegeben hat«, sagte Anne lachend.

»Ja, ja, ist ja schon gut«, brummte Georg. »Ich hab's kapiert. Ihr meint, ich bin die Einzige, die von eurem tollen Alex nicht hingerissen ist. Ich geb's zu. Er ist wunderbar, fantastisch und wir werden seine Busenfreunde. So, seid ihr jetzt zufrieden?«

Und obwohl Georg immer wieder über Alex herzog, hatten sich Anne und ihre Brüder zwei Tage später schon richtig gut mit ihm angefreundet. Er verbrachte den ganzen Tag mit den Kindern. Sogar ein Fahrrad hatte er gemietet, damit er mit ihnen Radtouren in die Umgebung machen konnte. Die Kinder zeigten ihm Felsenburg, nahmen ihn zum Schwimmen mit an den Strand und sie ruderten in Georgs Boot in die Bucht hinaus. Alex schien all das richtig zu genießen.

Aber Georg konnte sich nicht recht an die Gäste gewöhnen. Sie fühlte sich einfach in deren Gegenwart nicht wohl. Es war wirklich seltsam. Ihr kamen die beiden ausgesprochen unecht vor.

»Das liegt sicher daran, dass sie Ausländer sind«, meinte Julius, als Georg ihm von ihrem merkwürdigen Gefühl erzählte. »Wir kennen ja sonst niemanden aus Varania. Aber, na ja, ich weiß schon, was du meinst, Georg. Manchmal geht's mir genauso mit den beiden. Keine Ahnung, woran das liegt.«

»Ich hab gelegentlich auch ein mulmiges Gefühl«, gab Richard zu. »Ich versuche jedes Mal, mir einzureden, dass das Unsinn ist, aber es hilft nichts. Ich habe den Eindruck, dass mit Alex irgendetwas nicht stimmt. Das hört sich jetzt blöd an, ich weiß, aber so ist es nun mal.«

Georg runzelte die Stirn. Ja, komisch war das schon und ihr ging es mit dem jungen Mann ähnlich. Was konnte das sein? Vielleicht fand sie es nur so merkwürdig, dass Alex die ganze Zeit superhöflich zu seinen Gastgebern war. Doch vielleicht kannte er die englischen Sitten einfach nicht so genau und übertrieb es deshalb mit der Höflichkeit.

Georg ärgerte sich schließlich über sich selbst. »Seine Freundlichkeit können wir ihm ja wohl nicht vorwerfen, oder?«, murmelte sie.

Anne und Tim mochten Alex aber nach wie vor. Tim hatte ihn besonders gern, weil Alex ihm immer Kekse und Zuckerstückchen gab.

Doch kurz darauf mussten sich die Fünf Freunde ihren Kopf über etwas anderes zerbrechen, etwas ganz Erstaunliches …

# Das Geheimnis des Professors

Die Fünf Freunde waren nach dem Frühstück in den Garten gegangen. Onkel Quentin und Professor Kolkov hörten sich schon Vorträge in Tenkendorf an und Alex hielt sich in seinem Zimmer auf.

Es kam nicht oft vor, dass die Kinder nicht wussten, worüber sie sich unterhalten sollten, aber jetzt sahen sie einander lange an, ohne ein Wort zu sprechen. Schließlich brach Richard das Schweigen: »Sagt mal, ist euch heute beim Frühstück auch etwas Seltsames aufgefallen?«

»Ja, ich hab was bemerkt«, sagte Anne sofort. »Professor Kolkov sah irgendwie nicht so aus wie sonst.«

»Anne hat Recht«, sagte Georg. »Irgendwie wirkte er anders.«

»Ja, aber was war anders an ihm?«, grübelte Julius. »Er hatte dieselben Sachen an wie gestern und vorgestern.«

»Nein, das war es nicht. Sein Gesicht sah anders aus«, meinte Anne.

»Stimmt«, sagte Richard. »Irgendwas an seinem Gesicht war verändert.«

»Und was war das genau?«, fragte Julius nachdenklich. »Meint ihr, er trägt sonst ein Gebiss und hat vergessen, es heute Morgen einzusetzen? Ohne Zähne sehen die Leute ja immer ganz anders aus.«

»Nein, das war es garantiert nicht«, entgegnete Richard. »Uns wäre doch sofort aufgefallen, wenn er keine Zähne im Mund gehabt hätte. Außerdem hat er ein paar Scheiben Toast zermalmt, und das nicht gerade leise. Ohne Zähne geht das nicht. Lasst uns mal überlegen. War seine Backe geschwollen oder hatte er vielleicht ein blaues Auge oder so was?«

»Ein blaues Auge wäre uns ja wohl gleich aufgefallen«, sagte Georg. »Aber warte mal, jetzt fällt's mir ein. Es waren seine Haare!«

»Ja!«, rief Anne. »Er hat heute Morgen sein Haar einfach anders gekämmt, das ist alles. Also, daran ist ja wohl nichts besonders Geheimnisvolles. Nun, ich glaube, das war's dann.«

»Wir schauen ihn uns noch mal genau an, wenn er und Onkel Quentin heute Abend zurückkommen«, sagte Richard fröhlich. »Auf geht's, wir holen Alex ab und gehen an den Strand. Bei dieser Hitze muss ich eine Runde schwimmen.«

Die vier Kinder gingen ums Haus herum und riefen zu Alex' Fenster hoch. Er öffnete es, lehnte sich über das Fensterbrett, das ganz von Efeu überwuchert war, und lächelte. »Tut mir furchtbar Leid, heute kann ich mit euch nicht an den Strand gehen«, sagte er. »Mir geht es nicht so gut oder vielleicht bin ich nur ein bisschen müde, jedenfalls möchte ich gern im Zimmer bleiben und lesen. Das macht euch doch nichts aus, oder?«

Natürlich tat es den Kindern Leid, dass er sich nicht wohl fühlte, aber sie gingen ohne ihn durch den Garten hinab ans Meer.

Zum Mittagessen kam Alex hinunter ins Wohnzimmer. Sein Vater und Onkel Quentin waren natürlich nicht da, sie blieben den ganzen Tag über auf der Konferenz in Tenkendorf.

Nach dem Essen gingen die Kinder in die Küche, denn sie wollten beim Abwaschen helfen. Ihnen war nämlich plötzlich aufgegangen, dass Tante Fanny ziemlich viel zu tun hatte, seit die Kolkovs bei ihnen wohnten.

»Vielen Dank, Kinder, aber es geht schon«, sagte Tante Fanny und lachte. »Lauft und genießt das schöne Wetter, ihr habt schließlich Ferien. Und was du dir unter Mithelfen vorstellst, Tim, das kann ich mir schon denken. Du glaubst doch, es reicht, wenn man die Teller gründlich abschleckt. He, Richard, diese Zuckerstücke kannst du liegen lassen. Man könnte meinen, du verhungerst hier. Dabei hast du zweimal vom Schinken und Salat genommen und eine doppelte Portion Nachtisch verdrückt. Warum zeigt ihr Alex nicht mal unsere alte Kirche? Das wäre doch sicher recht interessant für ihn.«

»Alex geht es heute nicht so gut, er hat keine Lust, was zu unternehmen«, sagte Julius. »Den ganzen Morgen hat er in seinem Zimmer verbracht.«

Tante Fanny war überrascht. »Wirklich?«, sagte sie. »Dann muss ich mich getäuscht haben. Ich dachte, ich hätte ihn durch das Gartentor gehen sehen, gleich nachdem ihr an den Strand gegangen seid. Aber das ist ja auch egal. Los, ab mit euch an die frische Luft! Ich wünsche euch viel Spaß.«

Die Fünf Freunde gingen wieder in den Garten. Georg war nachdenklich.

»Also, das ist doch merkwürdig«, sagte sie. »Wenn es

stimmt, was meine Mutter gesagt hat, dann hat Alex uns angelogen. Aber warum bloß?«

»Vielleicht langweilt er sich mit uns, weil wir so viel jünger sind als er«, sagte Julius, der ein bisschen eingeschnappt war.

»Aber das erklärt doch nicht, warum er gelogen hat«, erwiderte Georg, und Richard stimmte ihr zu: »Das hätte er uns doch auch sagen können. Wir sind schließlich alt genug, um zu verstehen, dass man ab und zu gern mal allein sein möchte.«

»Er ist schon ein komischer Kerl«, murmelte Georg.

»Ach, hör schon auf, Georg, gib Acht, dass deine Fantasie nicht mit dir durchgeht. Wenn du mal wieder einen Fall witterst ...«

»Aber du weißt doch, dass ich ein gutes Näschen habe, wenn es um so was geht. Ich nehme die Fährte fast so perfekt auf wie Tim beim Karnickeljagen. Hab ich nicht Recht, Tim?«

»Wuff«, machte Tim energisch. Er wedelte mit dem Schwanz, damit Georg wusste, dass er jetzt gern mit ihr spazieren gehen wollte.

Erst beim Abendessen fiel den Fünf Freunden die Frage wieder ein, mit der sie sich nach dem Frühstück beschäftigt hatten. Professor Kolkov saß mit ihnen am Tisch, und sie bemerkten alle, dass sich etwas an ihm verändert hatte. Hastig schlangen sie ihren Nachtisch herunter – es gab ein köstliches Kompott –, damit sie sich so schnell wie möglich im Zimmer der Jungs zusammensetzen und die Sache in Ruhe besprechen konnten.

»Es sind seine Haare«, sagte Anne. »Er hat sie anders gekämmt.«

»Nein, stimmt nicht«, sagte Georg. »Seine Frisur ist genauso wie vorher.«

»Aber wo ist denn der Unterschied?«, murmelte Julius verwundert.

»Die Stirn ist anders!«

»Seine Stirn? Aber die Stirn verändert sich nicht so einfach, man kann sich höchstens die Haare in die Stirn kämmen. Aber bei dem Urwald, den der Professor auf dem Kopf hat, geht das gar nicht. Dann wäre er blind.«

»Trotzdem, seine Stirn ist niedriger geworden«, entgegnete Georg.

»Das kann nicht sein«, widersprach Julius ihr heftig.

»Ist aber so«, beharrte Georg. »Das war so ungefähr das Erste, was mir an dem Professor aufgefallen ist: seine breite, hohe Stirn. Und heute ist sie niedrig.«

»Vielleicht ist sie beim Haarewaschen eingelaufen«, witzelte Richard und kicherte.

Es war und blieb vorerst ein Rätsel, das sie nicht lösen konnten, und deshalb redeten sie nicht weiter über die Sache. Außerdem gab es einen spannenden Film im Fernsehen, den sie alle gern sehen wollten. Und dann vergaßen sie die Stirn des Professors. Aber schon am nächsten Tag stellten sie beim Frühstück verblüfft fest, dass Professor Kolkovs Stirn wieder ganz normal war.

»Wahnsinn«, flüsterte Richard. »Die geht ja hoch und runter wie Ebbe und Flut.«

»Psst«, machte Julius, »er hört das doch.«

Aber Professor Kolkov schien nicht zuzuhören; er und Onkel Quentin machten sich kurz danach auf den Weg nach Tenkendorf. Heute fühlte Alex sich offenbar wieder fit und er schien ganz der Alte zu sein, jedenfalls klebte er an den Fünf Freunden wie ein Kaugummi. Georg war nicht besonders nett zu ihm, und als er das bemerkte, strengte er sich gewaltig an, um sich bei ihr beliebt zu machen. Er bombardierte sie mit Fragen über die wissenschaftlichen Arbeiten ihres Vaters und beteuerte ein über das andere Mal, wie sehr er ihn bewunderte. Georg antwortete ihm ziemlich knapp und trocken.

»Georg, du bist aber nicht gerade nett zu ihm«, sagte Anne etwas später ein wenig vorwurfsvoll.

»Kann ich auch nicht ändern«, antwortete Georg sauer. »Der geht mir auf die Nerven. Weißt du was, ich werde das Gefühl nicht los, dass er sich bei uns einschleimen will. Und außerdem ist er für meinen Geschmack zu neugierig.«


Am Abend schlug Richard vor, mit Georgs Boot ein wenig hinauszurudern. Als sie sich ein gutes Stück vom Strand entfernt hatten, erklärte er, er wolle sichergehen, dass niemand sie belauschen konnte. »Und hier draußen sind wir ungestört«, meinte er. »Also, Georg glaubt, mit den beiden Kolkovs stimmt was nicht. Ich weiß nicht, ob sie Recht hat, aber ich würde gern mehr über den Professor erfahren. Heute Nacht fang ich damit an.«

»Womit?«, fragte ihn sein Bruder besorgt.

»Ich will rausfinden, was er macht, wenn er allein in seinem Zimmer ist«, sagte Richard.

»Aber Richard! Du kannst doch einem Gast von Onkel Quentin nicht hinterherspionieren!«, sagte Anne empört. Ihr gefiel dieser Plan ebenso wenig wie Julius. »Überleg doch mal – Tante Fanny und Onkel Quentin würden dir das richtig übel nehmen.«

»Ja, ist mir klar. Aber wenn wirklich mit dem Professor etwas nicht in Ordnung ist, dann wollen wir doch schließlich genau wissen, was mit ihm los ist. Oder etwa nicht?«

»Stimmt genau«, sagte Georg energisch.

Und Tim machte auch kräftig »wuff, wuff«. Er war mal wieder ganz auf ihrer Seite.

»Sobald der Professor Onkel Quentin Gute Nacht gesagt hat und in sein Zimmer geht«, sagte Richard, »werde ich …«

»… durchs Schlüsselloch gucken?«, fiel Julius ihm ins Wort. Richards älterer Bruder musste grinsen, obwohl er das eigentlich gar nicht wollte. »Wetten, dass du überhaupt nichts siehst?«

»Das denkst du, Julius. Vor dem Fenster des Professors befindet sich doch ein kleiner Balkon«, sagte

Richard. »Der Professor zieht die Vorhänge nicht zu, weil das Zimmer zum Garten hin liegt. Ich klettere einfach auf den Balkon und guck durchs Fenster.«

»Und wenn du dabei erwischt wirst?«, fragte Anne besorgt, die den Plan immer schlechter fand.

»Wer nicht wagt, der nicht gewinnt. Das Sprichwort kennst du ja wohl, oder?«, sagte Richard. »Ich will nur mal nachsehen, ob der Professor irgendwelche Geheimnisse der Frisörkunst kennt oder ob er eine aufblasbare Stirn hat.«

Julius und Anne wechselten miteinander Blicke, aber es war ganz klar, dass sie Richard nicht davon abhalten konnten, seinen Plan in die Tat umzusetzen. Und weil die Fünf Freunde immer fest zusammenhielten, waren auch Anne und Julius dabei, als Richard, Georg und Tim sich in dieser Nacht aus dem Haus schlichen.

»Ich klettere am Efeu hoch«, flüsterte Richard seinen Freunden zu. »Das geht schon, der hält mein Gewicht aus.«

Und er begann zu klettern. Die anderen blieben unter den Bäumen stehen und beobachteten, wie er sich auf den kleinen Balkon zog, vorsichtig zum Fenster kroch und ins Zimmer guckte.

Einen Augenblick später war Richard, breit grinsend, schon wieder auf dem Rückweg.

»Hahaha«, gluckste er, und er musste sich Mühe geben, nicht zu laut zu lachen. Aber das fiel ihm schwer, denn er schien sich sehr zu amüsieren. »Das ist einfach zum Brüllen. Wisst ihr, was ich gesehen hab? Also, der gelehrte Professor Kolkov, der so brillant und überaus schlau und für sein raues Auftreten weit und breit bekannt ist, der ist in Wirklichkeit ein eitler Fatzke. Ich hab genau gesehen, wie er seine Perücke abgenommen hat. Der ist kahl wie eine Billardkugel. Hihihi. Mann, sah das komisch aus. Das hättet ihr sehen müssen.«

Einen Moment lang schwiegen die Kinder verblüfft, dann fingen sie auch an zu lachen. »Na, wenn er so eitel ist«, sagte Anne, »dann möchte ich doch mal wissen, warum er sich ausgerechnet so eine Perücke ausgesucht hat? Besonders schön ist die ja nicht gerade. Ich an seiner Stelle hätte mir lieber …«

»… eine hübsche Perücke mit langen blonden Locken ausgesucht«, ergänzte Richard, der seine kleine Schwester gern ein wenig aufzog. »Schlag ihm das doch morgen mal vor. Hahaha!«

Julius und Anne kicherten wieder los, aber Georg

verzog keine Miene. Plötzlich war sie ganz nachdenklich geworden.

»Was ist denn, Georg?«, wollte Julius wissen. »Was denkst du?«

»Ich finde es gar nicht so blöd, was Anne eben gesagt hat«, antwortete Georg. »Warum hat sich der Professor nicht einfach eine ganz normale Perücke ausgesucht?«

»Ich nehme an, bevor er kahl wurde, hat sein Haar so ähnlich ausgesehen wie die Perücke, die er jetzt trägt«, meinte Julius. »Er wollte einfach wieder so aussehen wie früher. Manchmal verlieren Menschen ihre Haare ziemlich schnell.«

»Ja, das würde die Sache natürlich erklären«, sagte Georg, aber so ganz überzeugt war sie nicht. »Außerdem ist das nicht das Einzige, worüber ich mir den Kopf zerbreche. Da ist noch etwas, ich komm bloß nicht drauf, was. Wartet mal … ja, das ist es. Natürlich!«

Sie sah ihre Freunde triumphierend an. »Professor Kolkov kann nie im Leben eine Glatze haben!«, sagte sie.

»Warum denn nicht?«, wollte Julius wissen.

»Ja, erinnert ihr euch denn nicht mehr daran? Alle Zeitungen und die Fernsehreporter, die über die Wissenschaftler der Konferenz in Tenkendorf berichteten, haben über die tollen Erfindungen dieser Leute geschrieben und gesprochen. Von Professor Kolkov hieß es, dass er als junger Mann ein Mittel gegen Haarausfall erfunden hat, wodurch er berühmt geworden ist. Später hat er dann noch viel wichtigere Erfindungen gemacht, aber dieses Mittel gegen Haarausfall war der Hit. In Varania gibt es seitdem überhaupt keine Männer mit Glatze mehr. Leider hat die Regierung von Varania verhindert, dass dieses Mittel auch in anderen Ländern hergestellt werden kann. Sie wollen die Formel nicht rausrücken, aber das ist eine andere Geschichte. Uns interessiert jetzt nur, dass Professor Kolkov dieses Mittel erfunden hat. Wie kann er dann selber eine Glatze haben?«

»Er hat eine, so viel steht fest«, sagte Richard. »Georg, ich hab das mit meinen eigenen Augen gesehen. Ich nehme an, dass die Perücke manchmal verrutscht, und deshalb wirkt seine Stirn mal höher und mal flacher.«

Aber Georg wollte sich nicht überzeugen lassen. »Ich sag's dir, er *kann* einfach nicht kahlköpfig sein«, behauptete sie stur.

»Vielleicht will er sein eigenes Mittel nicht benutzen. Vielleicht hat er gern eine Glatze?«, sagte Julius.

»Ja, Julius«, stimmte Anne ihm zu. »So muss es sein, du hast bestimmt Recht.«

Georg schüttelte nur den Kopf. »Blödsinn. Und warum setzt er sich dann eine Perücke auf?«, sagte sie und folgte den anderen, die wieder ins Haus gingen. »Ich weiß nicht, was ich davon halten soll. Was meinst du dazu, Tim?«

»Wuff«, bellte Tim leise.

Aber das half ihr auch nicht weiter, sie konnte sich einfach nicht erklären, was hier los war. Die Kinder waren müde und gingen zu Bett, aber es dauerte lange, bis Georg eingeschlafen war. Stundenlang wälzte sie sich im Bett hin und her und grübelte über die geheimnisvolle Glatze des Professors nach.

Am nächsten Morgen musste sie feststellen, dass dieses Rätsel sie immer noch beschäftigte. Hinzu kam, dass die Fünf Freunde an diesem Tag noch etwas Merkwürdiges feststellten, und diesmal ging es um Alex Kolkov.

# Wie alt ist Alex?

Tim wollte endlich mal wieder zeigen, was er konnte. Die Kinder spielten mit Alex am Strand Fußball, als Tim sich nicht mehr zurückhalten konnte und in das Geschehen eingriff. Er fing den Ball im Flug mit den Pfoten, drückte ihn auf den Sand, kletterte darauf und schaffte es dann, ein Stück weit auf dem Ball zu laufen, ohne herunterzufallen. Ein Zirkushund hätte es nicht besser machen können.

Das war der neueste Trick, den Georg ihm beigebracht hatte.

Tim und Georg waren beide unheimlich stolz darauf und Alex sah den geschickten Hund bewundernd an.

»Der ist ja fantastisch, Georg!«, sagte er. »Dein Tim gefällt mir. Weißt du, irgendwie erinnert er mich an den Hund, den ich vor einem Dutzend Jahren zum zehnten Geburtstag bekommen habe. Mein Onkel hatte ihn Zigeunern, die durchs Land zogen, abgekauft. Die hatten ihn dressiert. Dieser Hund konnte auch auf einem Ball laufen, genau wie Tim. Und er konnte durch einen Reifen springen, der mit Papier bespannt war.«

»Oh, Georg, das wäre doch auch ein guter Trick, den du Tim beibringen könntest!«, rief Anne begeistert aus. »Tim ist so klug, das lernt er bestimmt ganz schnell.«

»Ich denk mal drüber nach«, sagte Georg.

Aber offensichtlich dachte sie an etwas ganz anderes, denn als sich nach dem Ballspiel alle beim Baden abkühlten, wartete sie, bis Alex außer Hörweite war. Er war ein guter Schwimmer, und er steuerte auf die Felsen zu, die ein paar hundert Meter entfernt aus dem Wasser ragten.

Georg schwamm zu den Geschwistern rüber. »Sagt mal, habt ihr mitgekriegt, was Alex da gerade gesagt hat?«, fragte sie. »Das war doch seltsam, nicht wahr?«

Richard und Anne wussten gar nicht, was sie meinte. Julius musste es ihnen erst erklären.

»Ja, das war seltsam«, sagte er. »Alex hat uns erzählt, dass er vor einem Dutzend Jahren einen Hund gekriegt hat – zu seinem zehnten Geburtstag.«

»Na und? Was soll denn daran seltsam sein?«, fragte Richard verwundert.

»Zehn plus zwölf ist zweiundzwanzig. Das ist das

Seltsame«, klärte sein Bruder ihn auf. »Zweiundzwanzig! Und nicht siebzehn.«

»Hm, stimmt. Ich weiß ja, du bist ein Mathegenie«, kicherte Richard und spritzte seinem Bruder einen Schwall Wasser ins Gesicht. »Ja, Alex ist siebzehn. Na, vielleicht hat er sich einfach versprochen.«

»Manchmal sagen Leute doch ein Dutzend und meinen gar nicht unbedingt zwölf«, warf Anne ein, die Wasser trat, um nicht unterzugehen.

»Aber wenn Alex wirklich siebzehn ist und den Hund zu seinem zehnten Geburtstag gekriegt hat, dann hätte er doch wohl gesagt: vor einem halben Dutzend Jahren. Das kommt eher hin. Und das würde man sagen, wenn man es nicht so genau nimmt«, meinte Georg.

»Na, vielleicht wollte er sich älter machen, damit er erwachsener wirkt?«

»Nein, das sieht ihm nicht ähnlich«, sagte Georg entschieden. »Ganz im Gegenteil, der tut doch eher so, als ob er jünger ist.«

Die anderen sahen sie ganz überrascht an. »Jetzt halt mal die Luft an, Georg«, sagte Richard. »Du bist wohl übergeschnappt. Du hast doch selbst gelesen, dass Alex siebzehn ist. Stand so in der Zeitung. Siebzehn Jahre alt, das weiß ich genau.«

»Ja, ja, stimmt«, sagte Georg. »Aber ehrlich, mir war schon vorher so, als ob er älter wäe, als er sagt.«

»Aber warum ...?«, fing Julius an, doch da sahen sie, dass Alex mit kräftigen Schwimmzügen zurückkam; sie mussten aufhören, über ihn zu reden.

Trotzdem ging Alex den Kindern den ganzen Morgen über nicht aus dem Sinn. Wenn er wirklich zweiundzwanzig war, warum gab er dann bloß vor, jünger zu sein? Was hatte das für einen Sinn? Und warum spielten die Zeitungsreporter dieses komische Spiel mit? Jetzt sahen die Kinder Alex mit ganz anderen Augen, und ihnen fielen Dinge auf, die sie vorher gar nicht bemerkt hatten. Alex rasierte sich jeden Tag sehr sorgfältig, denn sein Bartwuchs war viel stärker, als man es bei einem siebzehnjährigen Jungen vermuten würde. Und manchmal redete und benahm er sich eher wie ein Erwachsener als wie ein Teenager.

Die Kinder mussten zugeben, dass ihnen dieser Alex immer verdächtiger vorkam. Und dann geschah etwas, was die beiden Kolkovs noch geheimnisvoller erscheinen ließ. Es kam ganz überraschend: Professor Kolkov zerstörte mit einem Schlag den Eindruck, unter seiner rauen Schale verberge sich ein goldenes Herz.

Es war Sonntag und deshalb fuhren die Wissenschaftler nicht nach Tenkendorf. Am Sonntag fanden nämlich keine Veranstaltungen statt. Professor Kolkov saß im Liegestuhl im Garten und schlief. Tante Fanny lächelte wohlwollend und ermahnte die Kinder, ihn ja nicht zu stören. Tim hatte ihr offenbar nicht zugehört. Während die Kinder leise den Gartenweg entlang zum Gartentor gingen, bemerkte der Hund den Professor und rannte bellend auf ihn zu. Wahrscheinlich wollte er ihn nur freundlich begrüßen, aber der Professor wachte von dem Gebell auf und war alles andere als erfreut. Grimmig murmelte er etwas in seiner Muttersprache und gab dem armen Tim einen heftigen Tritt. Der Hund jaulte vor Schmerz laut auf.

Das alles passierte so schnell, dass Georg nichts dagegen machen konnte. Aber als sie ihren geliebten Tim aufheulen hörte, lief sie sofort zu ihm. Die anderen kamen hinterher. Der Wissenschaftler hatte sicher gedacht, dass er und der Hund allein wären, denn ihm

schien die Sache peinlich zu sein, und er wirkte verwirrt.

»Es tut mir ja so Leid«, sagte er. »Ich hab tief geschlafen, und euer Hund hat mich so plötzlich aufgeweckt, dass ich ihn einfach getreten hab. Ich hab gar nicht darüber nachgedacht.«

Keiner sagte etwas. Tim war zu Georg gelaufen und drückte sich mit eingezogenem Schwanz an sie. Die Fünf Freunde machten, dass sie an den Strand kamen. Georg konnte sich kaum noch beherrschen, ja sie raste vor Wut. Sobald sie außer Hörweite waren, ging sie in die Luft.

»Also nein! Habt ihr so was schon mal gesehen?«, schimpfte sie. »Dieser fiese Kerl! Wie kommt der dazu, Tim zu treten!«

»Er hat aber doch gesagt, dass es ihm Leid tut«, sagte Anne schüchtern, denn sie wollte immer fair sein.

»Der hatte Zeit genug zum Überlegen. Er ist aufgewacht und hat geflucht, bevor er Tim getreten hat«, sagte Georg.

»Ja, er hat es mit Absicht getan«, stimmte Richard ihr zu. »Und es hat ihm Spaß gemacht.«

Georg reagierte gar nicht darauf, sie war viel zu verstört. Und den anderen ging es genauso. Die beiden Mädchen betasteten Tim vom Kopf bis zur Schwanzspitze, um sicherzugehen, dass er nicht verletzt war. Tim gefiel es eigentlich ganz gut, so im Mittelpunkt zu stehen, und damit das nicht zu schnell vorbeiging, winselte er ab und zu ein bisschen. Aber Julius durchschaute ihn.

»So, Tim, du wirst schon nicht daran sterben«, sagte er energisch. »Aber ich rate dir, geh dem Professor von jetzt an lieber aus dem Weg. Kapiert?«

Irgendetwas musste Tim falsch verstanden haben, denn er hörte mit dem Gewinsel auf und fing an, wütend zu knurren. Es sah ganz so aus, als ob er zurück in den Garten laufen wollte, um seinem Feind tüchtig in die Wade zu beißen. Aber Georg hielt ihn davon ab.

»Nein, Tim. Bei Fuß«, sagte sie streng. »Schlag dir deine Rachepläne aus dem Kopf. So was machen wir nicht, aber ich habe dem Professor trotzdem nicht vergeben.«

»Wuff«, machte Tim und gab damit kund, dass auch er nicht vorhatte, dem Professor zu verzeihen. Die Kinder mussten lachen.

Aber Julius wurde ganz schnell wieder ernst. »Ist doch seltsam«, sagte er kopfschüttelnd. »Das war richtig gemein von Professor Kolkov. Und er soll so einen guten Kern unter seiner rauen Schale haben.«

»Also, davon hab ich noch nichts gemerkt«, sagte Richard. »Von dem guten Kern, meine ich. Ich hab schon ein paar Mal gehört, wie er seinen eigenen Sohn angeblafft hat.«

»Ja, und neulich, als Johanna aus dem Dorf rübergekommen ist, um Tante Fanny beim Putzen zu helfen, hat er sie ganz schön rumkommandiert«, sagte Anne.

»Die Arme war richtig durcheinander und ziemlich aufgebracht. Und ich hab auch gesehen, wie er einen Stein nach der süßen Katze von nebenan, die bei uns auf dem Rasen spielen wollte, geworfen hat. Er dachte wohl, dass es keiner merkt, aber als er mich gesehen hat, wirkte er ziemlich sauer.«

»Alles in allem ist er wohl ein fieser Kerl – und irgendwie brutal«, befand Georg. »Er kommt uns allen doch langsam verdächtig vor. Und was wir eben gesehen haben, ist der Beweis dafür, dass sein Kern nicht viel besser ist als seine Schale. Goldenes Herz – dass ich nicht lache!«

»Ja, da hast du Recht«, meinte Richard. »Ich sag euch mal was: Je besser ich diese Kolkovs kennen lerne, desto weniger kann ich sie leiden.«

Und deshalb waren die Kinder auch überhaupt nicht begeistert, als Alex am nächsten Tag bei ihren Spielen mitmachen wollte. »Warum fahren wir nicht einfach auf die Insel rüber und spielen Robinson Crusoe?«, schlug Georg vor.

»Prima Idee«, sagte Richard. »Tante Fanny hat bestimmt nichts dagegen, wenn wir unsere Zelte mitnehmen und ein paar Tage drüben campen. Das haben wir lange nicht mehr gemacht und das Wetter spielt auch mit. Ja, lasst uns zu deiner Insel rüberfahren.«

»Was heißt ›deine Insel‹?«, fragte Alex interessiert. »Besitzt du wirklich eine Insel? Gehört sie dir? Kann ich auch mitkommen?«

Georg konnte schlecht Nein sagen, das wäre ziemlich unhöflich gewesen, also antwortete sie: »Ja, wenn du willst. Es ist die Insel, die man vom Strand aus sehen kann, und sie gehört wirklich mir. Meine Eltern haben sie mir geschenkt. Das war das beste Geschenk, das ich je bekommen habe.«

»Kann ich mir vorstellen«, sagte Alex. »Eine richtige Insel!«

»Sie ist nicht besonders groß«, räumte Georg ein, »aber es gibt da einen kleinen Bach und eine geschützte Bucht, wo wir das Boot ans Ufer ziehen können. Und auf der Insel steht eine Burgruine, dorthin können wir uns verziehen, wenn es regnet. Man fühlt sich da drüben so, als wäre man ganz weit weg vom Rest der Welt, dabei ist es gar nicht weit bis zum Festland.«

»Das ist ja Klasse!«, sagte Alex. Den anderen fiel sofort auf, dass er sich bewusst um einen kindlichen Ton bemühte. »Spitze! Wann geht's los?«

»Nach dem Mittagessen, wenn meine Mutter damit einverstanden ist«, ließ Georg ihn wissen. »Wir müssen ihr Zeit lassen, unseren Proviant zu packen. Und wir müssen unsere Zelte, und was wir sonst noch brauchen, aus dem Keller holen.«

Das dauerte aber nicht lange und nachmittags gegen drei Uhr kletterten die Kinder, Tim und Alex in Georgs Boot. Vor kurzem hatte sie ein Segel bekommen, aber das brauchten sie heute nicht, denn es war fast windstill.

Die kurze Fahrt zur Insel verlief ohne Zwischenfälle. In der Inselbucht angekommen, stiegen sie alle aus dem Boot und zogen es auf den Strand. Dann schleppten sie die Zelte, ihr Gepäck und den Proviant dorthin, wo sie meistens zelteten.

Alex war begeistert von dem grünen Gras, von dem klaren Wasser des Baches, den steilen Klippen auf der Seeseite der Insel, der eindrucksvollen Burgruine, den Bäumen, den Ginsterbüschen, den Blumen – er fand alles wunderbar.

Tim lief wie ein Wilder herum und jagte Kaninchen – echte oder eingebildete, das konnte niemand so genau sagen.

Anne, ganz die gute kleine Köchin, verstaute Töpfe, Pfannen und die Vorräte ordentlich in einer geschützten Ecke der Burgruine. Hier hatte sie sich eine Speisekammer eingerichtet.

Richard bereitete die Feuerstelle vor. Julius und Georg holten frisches Wasser aus dem Bach und sammelten trockenes Brennholz, und Alex half, wo man ihn gerade brauchte.

Er schien diesen Ausflug richtig zu genießen. Den ganzen Nachmittag lang war er sehr hilfsbereit, und die Kinder vergaßen beinahe, dass er ihnen verdächtig vorgekommen war.

Als der Abend anbrach, standen die Zelte und das Essen war fertig. Anne hatte Würstchen, Kartoffeln und Tomaten gebraten, zum Nachtisch gab es Kirschen. Es war köstlich.

Nach dem Essen saßen sie am Lagerfeuer und sangen ein Lied nach dem anderen, Richard spielte auf seiner Mundharmonika und zwischendurch erzählten Georg und Alex lustige Geschichten.

Müde und glücklich wollten sie schließlich zu Bett

gehen – oder besser gesagt: in ihre Schlafsäcke kriechen. Wie immer teilten sich Georg und Anne ein Zelt. Julius und Richard hätten im anderen Zelt übernachtet, aber jetzt mussten sie ja auch Alex unterbringen, und für drei war in dem kleinen Zelt wirklich nicht genug Platz.

Julius sagte, Alex könne im Zelt schlafen, er würde gern draußen übernachten, aber davon wollte Alex nichts wissen. »In dieser schönen Nacht macht es mir nichts aus, im Schlafsack unter freiem Himmel zu liegen.«

Bald darauf schienen die ganze Insel und ihre Besucher friedlich zu schlafen. Nur Julius lag noch wach. Es gefiel ihm nicht, dass Alex so ungeschützt draußen lag. Er war schließlich ihr Gast und durfte nicht schlechter untergebracht sein als seine Gastgeber.

Julius hielt es schließlich nicht mehr aus: Er wollte nachsehen, ob Alex sich in seinem Schlafsack auch wirklich wohl fühlte.

Er stand ganz besonders leise auf, damit er seinen Bruder nicht weckte.

Ihr Gast hatte sich unter den Felsen einen schönen Platz zum Schlafen ausgesucht, dort wo das Gras weich und grün war. Die Kinder waren Zeugen, dass er seinen Schlafsack an dieser Stelle ausgerollt und sich hingelegt hatte.

Aber als Julius zu der Stelle kam, fand er nur einen leeren Schlafsack vor.

# Noch mehr Rätselhaftes

»Hab ich's mir doch gedacht«, murmelte Julius. »Er konnte nicht einschlafen und jetzt macht er wahrscheinlich einen Spaziergang.«

Plötzlich hörte er vom Strand her ein leises Geräusch. Da gab sich jemand Mühe, nicht bemerkt zu werden. Und dann konnte Julius im Mondschein sehen, dass Alex das Boot von Georg ins Wasser schob.

Na, der will wohl ein bisschen rudern, damit er schneller müde wird, dachte Julius. Aber zu seinem Erstaunen sah er, dass Alex geradewegs zum Festland hinüberruderte.

Vielleicht will er doch lieber im Felsenhaus übernachten, dachte Julius. Er hat sich bestimmt überhaupt nicht wohl gefühlt. Wenn er mich doch geweckt hätte! Es ist gar nicht so einfach, allein mit diesem Boot zurechtzukommen. Plötzlich tauchte Richard neben seinem Bruder auf. »He, was ist denn hier los?«

Julius zeigte auf das Boot, mit dem Alex gerade davonruderte.

»Unglaublich! Der hat ja Georgs Boot genommen!«, sagte Richard empört. »Also, da hätte er doch erst mal fragen müssen! Ich sag's ihr gleich.«

Kurz darauf kamen Anne und Georg zu den Jungs heraus. Zunächst schwieg Georg; sie beobachtete nur, wie sich ihr Boot immer weiter von der Insel entfernte. Dann sagte sie: »Alex rudert sehr leise, nicht wahr? Als ob er sich Mühe gibt, keine Geräusche zu machen. Das kommt mir ganz schön verdächtig vor.«

»Mir nicht«, meinte Julius. »Vielleicht will er uns nur nicht wecken. Du witterst überall Geheimnisse und Verrat, Georg.«

»Kann schon sein«, erwiderte Georg, »aber ich will trotzdem wissen, wohin er will und was er macht, wenn er ankommt. Los, auf geht's, wir folgen ihm im Schlauchboot.«

Ein Glück, dass sie ein Schlauchboot besaßen! Onkel Quentin hatte es ihnen im letzten Sommer geschenkt, damit sie in Notfällen ein Reserveboot hatten, das viel leichter und wendiger war als das große Ruderboot, das aus Holz und schon ziemlich alt war; sie mussten sich immer sehr anstrengen, wenn sie den schweren Kahn auf den Strand zogen oder ins Wasser schoben.

Die Kinder hatten das Schlauchboot mit auf die Insel genommen, weil sie dachten, dass sie es dort gut gebrauchen könnten. Jetzt schoben sie es aufs Wasser hinaus und kletterten hinein. Georg und Richard ruderten ebenfalls beinahe geräuschlos auf die Küste zu. Sie wollten nicht, dass Alex sie entdeckte. Zum Glück waren Wolken vor dem Mond aufgezogen; das Schlauchboot hatte eine dunkle Farbe und hob sich kaum von der fast schwarzen See ab. Georgs Ruderboot dagegen konnte man auch im Dunkeln gut sehen, weil es weiß gestrichen war.

»Na so was«, flüsterte Anne plötzlich. »Alex scheint gar nicht zum Felsenhaus zu wollen.«

»Stimmt«, meinte Julius. »Er hält auf die Klippen zu – da: Er geht an Land!«

Richard und Georg ruderten langsamer, damit Alex in Ruhe aus dem Boot klettern konnte. Sie zogen ihr Schlauchboot nicht weit von seinem Landeplatz auf den Strand. Die Boote lagen im Schutz derselben Klippe, als der Mond wieder hinter den Wolken hervorkam.

»Alex ist verschwunden«, sagte Richard, ganz baff vor Erstaunen.

»Psst«, machte Georg. »Ich höre Schritte. Er geht wahrscheinlich den Pfad zur Straße hoch.«

»Oh ja, jetzt seh ich ihn«, sagte Anne, die sehr gute Augen hatte. »Er ist schon fast oben auf der Klippe.«

»Kommt, wir folgen ihm«, sagte Georg.

Die vier Kinder und Tim kletterten ebenfalls den Pfad hinauf; sie liefen im Gänsemarsch hintereinander her und versuchten, jedes Geräusch zu vermeiden. Warum benahm Alex sich nur so seltsam?, fragten sie sich. Was brachte ihn dazu, sich mitten in der Nacht davonzustehlen?

Sie sollten es bald erfahren.

Als sie oben auf der Klippe angekommen waren, wandten sie sich nach rechts und schlichen geduckt hinter Ginsterbüschen weiter, die ihnen gute Deckung gaben, auch wenn sie ziemlich pieksten.

Alex ging vor ihnen her; er ahnte natürlich nicht, dass er verfolgt wurde. Am Straßenrand blieb er stehen. Das Felsenhaus lag zu seiner Linken, etwa fünfhundert Meter entfernt, und in diese Richtung schaute er.

»Er scheint nach irgendetwas Ausschau zu halten«, flüsterte Anne.

»Oder nach irgendjemandem«, sagte Richard.

»Psst«, machten Georg und Julius gleichzeitig.

Genau in diesem Augenblick näherte sich eine dunkle Gestalt auf der Straße. Sie kam immer dichter heran. Die Kinder konnten einen Mann ausmachen, der ein Motorrad schob. Es war Professor Kolkov! Er ächzte und schnaufte die Straße hinauf – und Alex lief ihm entgegen.

Der Wind wehte aus einer ungünstigen Richtung, deshalb konnten die Kinder nicht genau hören, was die beiden sagten. Doch das eine oder andere Wort schnappten sie auf; allerdings sprachen die Kolkovs varanisch, also verstanden sie nur Bahnhof. Aber sie konnten im Mondschein wenigstens die Gesten der Männer beobachten: Der Professor überließ Alex das Motorrad und sagte etwas mit einer gebieterischen Armbewegung. Alex nickte ein paarmal, dann startete er die Maschine und raste auf dem schweren Motorrad davon. Ganz dicht kam er an dem Versteck der Fünf Freunde vorbei. Der Professor machte sich derweil auf den Weg zurück zum Felsenhaus.

»Er biegt an der Kreuzung ab«, flüsterte Richard.

»Ja, das ist die Straße nach Tenkendorf«, fügte Georg nachdenklich hinzu.

Die Kinder waren enttäuscht, denn sie waren nun nicht schlauer als zuvor. Aber das, was sie eben beobachtet hatten, gab ihnen eine Menge Rätsel auf. Warum trafen sich die Kolkovs heimlich mitten in der Nacht? Wohin war Alex gefahren? Und was hatte sein Vater von ihm verlangt?

Viele Fragen, aber keine Antworten in Sicht. Sie konnten Alex nicht verfolgen, er war mit dem Motorrad schon viel zu weit weg.

»Und was jetzt?«, wollte Julius wissen. »Wollen wir warten, bis Alex wiederkommt, oder rudern wir zur Insel zurück?«

»Lasst uns zurückrudern«, meinte Georg. »Hier kriegen wir doch nichts mehr raus, und Alex könnte uns entdecken, wenn er wiederkommt. Das wäre ganz blöd.«

»Ja, du hast Recht.« Richard und Anne waren sofort einverstanden.

Tim rannte schon den Pfad zum Strand hinunter, als hätte er genau verstanden, was die Kinder vorhatten. Er war der Erste, der ins Schlauchboot sprang.

Auf der Felseninsel gingen die Kinder gleich schlafen, aber keines von ihnen hatte eine ruhige Nacht. Sie warteten gespannt darauf, was als Nächstes passieren würde ...

Es dauerte lange, bis Alex zurückkam. So leise, wie er sich fortgeschlichen hatte, kroch er auch wieder in seinen Schlafsack. Die Fünf Freunde lagen alle wach und lauschten und dieses Mal hörten sie ihn ganz deutlich. Dann schlummerten sie doch noch ein wenig.

Am nächsten Morgen krabbelten die Kinder aus den Zelten und stellten fest, dass die Sonne schon hoch am Himmel stand. Das Wetter war herrlich. Alex kam zu ihnen herüber, er war ausgesprochen fröhlich und gut gelaunt.

»Hallo!«, rief er munter. »Ich habe geschlafen wie ein Murmeltier. Und ihr? Ich bin erst wach geworden, als die Sonne aufging.«

Julius, Richard, Georg und Anne mussten sich richtig zusammenreißen, denn am liebsten hätten sie sich bedeutungsvolle Blicke zugeworfen. Ganz schön dreist, dieser Alex Kolkov. Und ein guter Schauspieler war er auch.

Die Kinder verbargen ihre Gedanken, so gut sie

konnten, und machten sich daran, das Frühstück vorzubereiten. Brot, das am Lagerfeuer geröstet wird, ist eine Delikatesse. Anne hatte eine Dose Orangensaft aufgemacht und briet Eier und Schinken. Nach dem nächtlichen Ausflug hatten sie alle einen Mordshunger.

Richard hatte sein kleines Transistorradio mitgebracht, das er während des Frühstücks einschaltete, um die Nachrichten zu hören.

Plötzlich blieben alle Kinder wie erstarrt sitzen; sie vergaßen ganz, von ihrem Toast abzubeißen.

»In der vergangenen Nacht«, sagte der Nachrichtensprecher, »fand in dem kleinen Ort Tenkendorf, in dem in diesen Tagen Wissenschaftler aus aller Welt an einer internationalen Konferenz teilnehmen, ein spektakulärer Diebstahl statt. Einem der ausländischen Konferenzteilnehmer wurde ein Dokument von unschätzbarem Wert entwendet. Der Wissenschaftler, dessen Namen wir nicht nennen dürfen, ließ seine Papiere niemals unbeaufsichtigt. Nachts verwahrte er sie unter seiner Matratze. Auf bisher ungeklärte Weise drang der Einbrecher in das Schlafzimmer des Wissenschaftlers ein, betäubte ihn mit Chloroform und raubte das Dokument. Gegenwärtig fehlt der Polizei noch jede Spur.«

Die Freunde sahen einander an.

»Das ist ja furchtbar!«, stieß Alex hervor.

Vier Paar Augen richteten sich auf ihn. Aber weil die Kinder befürchteten, er könnte merken, dass sie ihn verdächtigten, wandten sie ihre Blicke schnell wieder ab.

Erst gegen Mittag, als Alex zu den Felsen hinausgeschwommen war, hatten die Kinder Gelegenheit, über die Sache zu reden. Sie kletterten in ihr Schlauchboot, das sanft auf den Wellen schaukelte.

»Also, wir haben es ja wohl alle gehört, was?«, sagte Julius. »Ein Einbruch mitten in der Nacht, genau zu der Zeit, als Alex auf dem Festland war.«

»Und nachdem wir festgestellt hatten, dass er nach Tenkendorf fuhr.«

»Und er sagte, er habe die ganze Nacht geschlafen – bis zum Sonnenaufgang«, fiel Anne wieder ein.

»Wenn wir nichts gemerkt hätten, wäre sein Alibi perfekt«, stellte Richard fest.

Offenbar dachten sie alle das Gleiche. Georg sprach es aus:

»Wir sind uns also einig, nicht wahr? Wenn wir zwei und zwei zusammenzählen, ist ganz klar, dass Alex dieses Dokument ohne weiteres gestohlen haben könnte.«

»Aber warum bloß?«, fragte Richard. Obwohl alle Indizien für Alex' Schuld sprachen, konnte er sich mit diesem Gedanken nicht recht anfreunden. »Sein Vater nimmt selber an der Konferenz teil. Und da arbeiten doch alle Wissenschaftler zusammen.«

»Aber der Nachrichtensprecher hat gesagt, dass es ein streng vertrauliches Dokument war«, sagte Julius. »Vielleicht wollte dieser Wissenschaftler, dem das Dokument gestohlen worden ist, es aus irgendwelchen Gründen geheim halten.«

»Und du meinst, deshalb hat Professor Kolkov sich entschlossen, es zu stehlen?«, fragte Richard. »Das könnte schon sein. Aber mir will einfach nicht in den Kopf, dass ein berühmter Wissenschaftler wie Professor Kolkov seinen Kollegen Dokumente stehlen soll. Professor Kolkov braucht die Erfindungen von irgendwelchen anderen Forschern bestimmt nicht, um sein Ansehen zu vergrößern. Er ist doch schon längst berühmt genug.«

»Hm«, sagte Georg nachdenklich. »Das klingt einleuchtend, Richard. Aber was ist, wenn dieser Kolkov gar kein richtiger Wissenschaftler, sondern ein Spion ist?«

Diese Vermutung schlug ein wie eine Bombe. Die Geschwister starrten ihre Kusine entgeistert an.

»Kein Wissenschaftler?«, fragte Julius. »Aber Georg, der Mann ist weltberühmt!«

Georg schüttelte ungeduldig den Kopf.

»Und man weiß auf der ganzen Welt, dass er eine wahre Löwenmähne hat und ein goldenes Herz und einen siebzehnjährigen Sohn«, sagte sie. »Na, und wir haben festgestellt, dass er eine Glatze hat, ein gemeiner Kerl ist und einen Sohn von zweiundzwanzig hat. Wenn ihr jetzt noch bedenkt, dass die beiden sich absolut seltsam benommen haben, zu welchem Ergebnis kommt ihr dann?«

Die drei sahen sie nur verwirrt an.

»Okay, dann werde ich es euch erklären«, meinte Georg. »Je mehr ich darüber nachdenke, desto wahrscheinlicher erscheint es mir, dass Professor Kolkov und sein Sohn – wenn das überhaupt sein Sohn ist – Hochstapler sind. Die tun nur so, als ob sie die echten Kolkovs sind. Wisst ihr nicht mehr, wie nett wir Alex und seinen Vater fanden, als wir sie im Fernsehen gesehen haben? Aber als wir sie dann bei uns kennen gelernt haben, waren sie irgendwie anders.«

»Georg, du hast ja Recht«, flüsterte Anne. »Ach du meine Güte, kann das denn wahr sein?«

»Ja. Ja, ich glaub schon«, sagte Julius und schauderte. »Wenn man die Sache so sieht wie du, Georg, dann macht das Sinn.«

»Ehrlich, Georg hat nur ausgesprochen, was ich auch schon gedacht habe«, behauptete Richard. »Aber irgendwie kam mir die Idee doch zu versponnen vor ...«

»Wuff«, warf Tim ein, und dann bellte er noch einmal und guckte auf die Bucht hinaus. Er wollte sie wissen lassen, dass Alex Kolkov – oder der Hochstapler, der sich als Alex Kolkov ausgab – auf sie zugeschwommen kam. Die Kinder taten so, als wäre überhaupt nichts geschehen. Was auch passierte, der junge Mann durfte nicht mitkriegen, dass sie ihn verdächtigten.

Normalerweise war es den Fünf Freunden am liebsten, wenn sie ihre Abenteuer allein bestehen konnten. Die Erwachsenen sollten sich am besten nicht einmischen. Aber dieses Verbrechen schien ihnen doch so schwerwiegend zu sein, dass sie die Polizei benachrichtigen wollten. Darüber waren sie sich alle einig, und Georg sagte, sie würde Onkel Quentin am Abend die ganze Geschichte erzählen. Die anderen waren damit einverstanden, es war wirklich das Beste.

Anne bekam Anweisungen, was sie zu tun hatte. Beim Mittagessen klagte sie über Kopfschmerzen und sagte, sie glaube, sie habe einen Sonnenstich.

»Ach je, ich hoffe, es ist nicht so schlimm«, sagte Alex.

»Trotzdem ist es wohl am vernünftigsten, wenn wir zurück nach Hause rudern«, sagte Julius. Er klang ganz besorgt. »Wenn du kein Fieber hast, können wir ja zum Schlafen wieder auf die Insel kommen, Anne. Aber das muss Tante Fanny entscheiden.«

Alex schöpfte keinen Verdacht. Natürlich war Annes Sonnenstich nur ein Vorwand, früher als geplant ins Felsenhaus zurückzukehren. Während der Rückfahrt klagte Anne noch ein paarmal über Kopfschmerzen – und sie musste nicht mal lügen, die Sonne brannte wirklich erbarmungslos vom Himmel herunter.

Im Felsenhaus gab Tante Fanny Anne ein kühles Getränk und schickte sie in ihr Zimmer, damit sie sich hinlegen konnte. Georg sagte, sie wolle ihr Gesellschaft leisten. Julius und Richard fiel ein, dass sie dringend etwas zu erledigen hatten, etwas für die Schule, und bevor das neue Schuljahr anfing, musste es fertig sein. Das jedenfalls behaupteten sie. In Wirklichkeit hatte keins von den Kindern Lust, mit Alex zusammen zu sein. Sie fürchteten, dass sie sich verraten könnten.

Der Rest des Tages schleppte sich dahin. Tim, der ja ein treuer Hund war, blieb bei Georg und Anne. Er tobte nicht wie sonst durch den Garten, deshalb war es auch für ihn ein langer, langweiliger Tag.

Schließlich kamen Onkel Quentin und Professor Kolkov aus Tenkendorf zurück. Das Abendessen zog sich eine Ewigkeit hin, aber schließlich war die Mahlzeit zu Ende und die beiden Kolkovs wünschten Gute Nacht und gingen auf ihre Zimmer.

Eine Weile warteten die Kinder noch ab, dann klopften sie an die Tür von Onkel Quentins Arbeitszimmer. Er arbeitete immer bis spät in die Nacht, denn er behauptete, sein Gehirn funktioniere in den Abendstunden am besten. Der überraschende Besuch der Kinder freute ihn deshalb überhaupt nicht.

»Na, Kinder? Was wollt ihr denn noch so spät am Abend?«, fragte er mürrisch. »Ihr solltet längst im Bett sein und schlafen. Und ich bin gerade mitten in einer wichtigen Arbeit.«

»Psst, Vater!«, sagte Georg und legte einen Finger auf ihre Lippen. Richard ging zum Fenster und machte es zu. »Wir wollen nicht, dass uns irgendjemand hört. Was wir zu berichten haben, ist unheimlich wichtig. Wir *müssen* es dir einfach sagen.«

# Die Falle schnappt zu

»Ja, unbedingt!«, plapperte Anne los. »Professor Kolkov ist in Wirklichkeit kahl und sein Sohn Alex ist zweiundzwanzig und fährt ein riesengroßes Motorrad!«

Onkel Quentin sah sie fassungslos an. »Anne, mein Kind, du hast tatsächlich einen Sonnenstich. Was in aller Welt redest du da?«

»Das ist alles wahr, Onkel Quentin«, sagte Julius ernst. »Hör uns bitte einen Moment zu, dann wirst du es verstehen.«

Georgs Vater nickte leicht und schwieg.

Und nun erzählte einer nach dem anderen, was geschehen war. Zuerst konnte Onkel Quentin gar nicht glauben, was er da zu hören bekam, aber schließlich war auch er davon überzeugt, dass es hier zumindest ein Rätsel gab, das gelöst werden musste.

»Ihr glaubt also«, sagte er zum Schluss, »dass unsere Gäste Hochstapler sind und geheime Dokumente gestohlen haben. In Wirklichkeit, meint ihr, sind die beiden Spione. Nun, das ist ein schwer wiegender Vorwurf – und Beweise dafür habt ihr nicht.«

»Die kriegen wir schon«, sagte Georg eifrig. »Wir müssen den Kolkovs nur eine Falle stellen, mit dem richtigen Köder schnappen wir sie schon. Am besten wär's, wenn wir sie auf frischer Tat ertappen könnten, vorausgesetzt natürlich, dass sie wirklich was im Schilde führen.«

»Na ja«, sagte Onkel Quentin nachdenklich. »Julius, bitte mal deine Tante her. Wir müssen das alle gemeinsam besprechen.«

An diesem Abend redeten Tante Fanny und Onkel Quentin sehr lange und sehr eindringlich mit den Kindern, die Tür des Arbeitszimmers blieb währenddessen fest geschlossen. Tim lag auf dem Flur und hielt Wache. Er würde sie warnen, wenn jemand den Flur entlangkäme – besonders wenn es einer von den Kolkovs war. Sie hielten Kriegsrat, und jeder durfte offen sagen, was er über die Sache dachte.

Am Ende dieser Besprechung wurde beschlossen, Georgs Plan – mit einigen Änderungen – anzunehmen, aber vorher hatte es lange Diskussionen gegeben. Sie einigten sich darauf, am nächsten Abend eine Zirkusvorstellung zu besuchen – das war ein Teil des Plans. Alle Felsenhausbewohner würden in den Zirkus gehen, das war seit langem beschlossene Sache, denn ein Zirkus mit dem großartigen Namen »Zirkus der Welt« gab im Dorf Felsenburg ein Gastspiel. Die Kolkovs hatten Tante Fannys Einladung schon vor Tagen erfreut angenommen, sie wollten sehr gern mitkommen. In Varania gab es anscheinend nicht oft Gelegenheit, in den Zirkus zu gehen. Sogar Onkel Quentin würde sich die Vorstellung ansehen; er konnte ja auch schlecht zu Hause bleiben und seine Gäste im Stich lassen, also hatte er versprochen, auch mitzukommen. Zuerst hatte ihm das nicht recht gepasst, aber inzwischen war er froh darüber.

Im Felsenhaus würde also einen ganzen Abend lang kein Mensch anwesend sein und das war ein wichtiger Punkt in Georgs Plan ...

Als Tante Fanny, Onkel Quentin und die Kinder schließlich schlafen gingen, stand ihr Vorgehen fest, sie hatten jede Kleinigkeit gründlich besprochen. Obwohl es schon sehr spät war, hatte Onkel Quentin den Inspektor von der Polizeiwache angerufen und sich lange mit ihm unterhalten. Wenn die Kinder Recht hatten und die Kolkovs nach dem Köder schnappten, dann würde man ihnen das Handwerk legen. Daran zweifelte er keinen Augenblick.

Der nächste Morgen zog und zog sich hin. Mittags verkündete Anne, es gehe ihr gut genug, sie würde zum Essen herunterkommen. Onkel Quentin und der Professor waren zum Essen aus Tenkendorf zurückgekommen; weil Samstag war, fanden nachmittags keine Konferenzveranstaltungen statt.

Als alle beim Nachtisch saßen – es gab einen wunderbaren Zitronenkuchen mit Baiserhaube –, brachte Onkel Quentin den Stein ins Rollen.

»Professor Kolkov«, sagte er in feierlichem Ton zu seinem Gast, »während der Konferenz habe ich nichts von Folgendem verlauten lassen, weil ich nicht wollte, dass irgendjemand davon erfährt, bevor ich nicht selbst ganz sicher bin, dass es auch wirklich funktioniert. Aber nun weiß ich, dass ich eine bahnbrechende Erfindung gemacht habe. Die ganze letzte Nacht habe ich daran gearbeitet, und Sie können sich nicht vorstellen, wie erfreut ich über das Resultat bin. Ich bin davon überzeugt, dass meine Pläne in dem Zustand, in dem sie jetzt sind, umgesetzt werden können. An einigen Details werde ich noch etwas feilen müssen, ehe ich den Delegierten aus den anderen Ländern davon berichte. Das Patent werde ich also vermutlich erst gegen Ende des Monats anmelden.«

»Aber ist das nicht furchtbar riskant, Onkel Quentin?«, fragte Julius. »Was ist, wenn einer der Konferenzteilnehmer dir deine Pläne stiehlt, bevor du die Erfindung patentieren lässt?«

Onkel Quentin lachte laut und sorglos.

»Da besteht keine Gefahr, mein Junge. Das ist ein erstklassiger, solider Safe, der da in meinem Arbeitszimmer steht – und außerdem weiß doch niemand, dass die Pläne darin liegen. Wenn ich die Erfindung dann registrieren lasse, ist sie bestens geschützt. Ja, allein auf dem kommerziellen Sektor könnte ich damit ein Vermögen verdienen.«

Die beiden Kolkovs gratulierten Onkel Quentin herzlich.

»Und mein eigenes Land wird auch davon profitieren, das freut mich ganz besonders«, sagte der Professor. »Ich weiß, dass unsere beiden Länder ein Abkommen darüber unterzeichnet haben, die Ergebnisse wissenschaftlicher Forschungen auszutauschen. Auf Ihre ausgezeichnete Arbeit und auf den Erfolg Ihrer Erfindung!«

Die Kolkovs tranken auf Onkel Quentins Wohl, aber die Kinder bemerkten, dass sie verstohlen Blicke wechselten …

Gleich nach dem Essen trafen die Fünf Freunde im Garten zusammen, um die Lage zu besprechen.

»So, nun ist alles bereit, es kann losgehen«, sagte Richard. »Der Professor glaubt, dass in Onkel Quentins Arbeitszimmer wertvolle Papiere liegen.«

»Und wir haben den Köder auch nicht zu auffällig ausgelegt?«, fragte Julius. »Wenn die Kolkovs wirklich die Kolkovs sind, dann ist es doch nur natürlich, dass Onkel Quentin ihnen was von seiner Erfindung erzählt. Patriotische Varanier wären schließlich keine Gefahr für ihn und seine Pläne.«

»Wir haben es ihnen wirklich leicht gemacht«, sagte Georg und grinste. »Niemand ist zu Hause und so einen Safe kriegt man schon irgendwie auf. Mehr dürfen sie wirklich nicht verlangen.«

»Ich frag mich nur, wie Professor Kolkov es anstellen

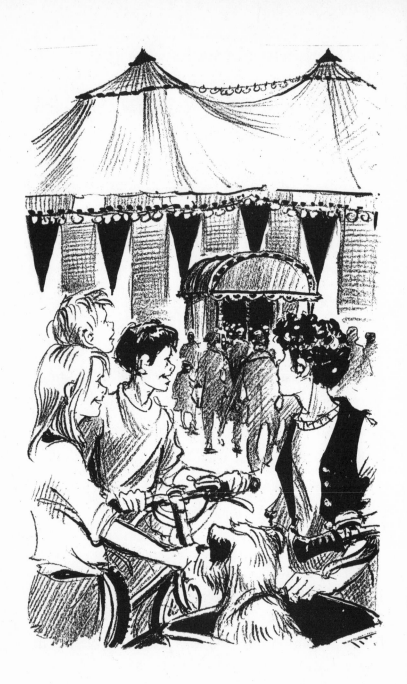

wird, vom Zirkus zurück ins Felsenhaus zu kommen«, sagte Anne.

»Zerbrich dir darüber nicht den Kopf, ich bin sicher, das kriegt er hin«, sagte Georg.

»Also wenn die Kolkovs doch echt sein sollten, dann bin ich ganz schön enttäuscht … ein goldenes Herz und so 'n Gefasel«, meinte Richard. »Onkel Quentin würde uns ewig damit aufziehen.«

»Heute Abend wird es sich ja zeigen«, sagte Julius gelassen. »Wir werden schon sehen, was passiert.«


Das große Zirkuszelt war nicht weit vom Felsenhaus auf einer Wiese errichtet worden; die Kinder fuhren auf ihren Rädern hin, die Erwachsenen nahmen das Auto der Familie Kirrin.

Der Abend fing vielversprechend an. Die Freunde hatten so viel Spaß an der Vorführung, dass sie darüber beinahe den Professor und die Falle, die sie ihm gestellt hatten, vergaßen. Tim war von Georg in einem Picknickkorb ins Zirkuszelt geschmuggelt worden und dem guten Hund gefiel das Programm genauso gut wie den Kindern. Der »Zirkus der Welt« war wirklich hervorragend. Es gab dressierte Pferde, Jongleure, Seiltänzer und Akrobaten und alle waren sie erstklassig.

Die Gesellschaft aus dem Felsenhaus applaudierte nach jeder Nummer kräftig. Sogar Onkel Quentin, der sonst immer so ernst war, lachte und amüsierte sich köstlich. Und Professor Kolkov freute sich wie ein kleiner Junge. Anne schämte sich dafür, dass sie ihm nicht getraut hatte.

»Wie komisch diese Clowns sind«, sagte der Professor zu Tante Fanny. »So was gibt es bei uns in Varania nicht. Bravo! Bravo!«, rief er.

Richard lehnte sich zu Georg rüber und flüsterte ihr ins Ohr: »Er genießt die Vorstellung total, an die Pläne scheint er keinen Gedanken zu verschwenden.«

Schließlich war die erste Hälfte der Vorstellung zu Ende. In der Pause spendierte Alex allen ein Eis; die Kinder mussten es wohl oder übel annehmen, obwohl sie am liebsten abgelehnt hätten. Plötzlich stand der Professor von seinem Platz auf.

»Oje, ich bin sehr müde«, sagte er. »Ich habe in der letzten Nacht zu lange gearbeitet und in meinem Alter verträgt man so etwas nicht mehr so gut. Ich denke, ich gehe nach Hause und lege mich schlafen.«

»Oh, dann werden wir alle mitkommen«, sagte Tante Fanny.

»Aber nein!«, wehrte der Professor ab. »Ich will Ihnen doch nicht den Abend verderben.«

»Dann werde ich Sie zurückfahren«, sagte Onkel Quentin.

Die beiden Wissenschaftler stiegen ins Auto – und die Kinder warfen sich verstohlen Blicke zu. Da hatte der Professor ja eine listige Ausrede gefunden! Es klang ganz normal und einleuchtend. Jetzt würde er ganz allein im Felsenhaus sein.

Onkel Quentin kam nach kurzer Zeit zurück. Er sah seine Frau und die Kinder bedeutungsvoll an. Alles verlief wie geplant.

Die Pause war zu Ende, die Vorstellung ging weiter. Jetzt waren die Fünf Freunde aber nicht mehr ganz so begeistert bei der Sache. Nur Tim machte eine Ausnahme. Die Kinder dachten unentwegt daran, was wohl gerade im Felsenhaus passierte.

Dort hatten sich Polizisten versteckt. Onkel Quentin hatte den Inspektor gebeten, seine Leute so zu platzieren, dass sie den Professor beobachten konnten – aber natürlich durfte er nichts davon merken. Wenn er sich am Safe zu schaffen machte, würde er auf frischer Tat ertappt werden.

Tante Fanny und Onkel Quentin taten ihr Bestes und ließen sich nichts anmerken, aber die Kinder mussten sich einfach ab und zu umschauen. Sie hofften, dass die Polizisten nach ihrem erfolgreichen Einsatz hierher kommen würden. Plötzlich fiel Julius auf, dass Alex bemerkt haben musste, dass die Kinder nicht mehr bei der Sache waren. Er wirkte beunruhigt ... Als der Applaus wieder einmal toste, flüsterte Julius seinem Bruder zu: »Nimm dich zusammen, Richard. Alex hat Verdacht geschöpft.«

Georg hatte das auch schon bemerkt. Der Sohn des Professors starrte gerade Anne an, die immer wieder zum Zelteingang guckte, und er hatte einen gemeinen Ausdruck in seinen Augen. Er biss die Zähne zusammen. Plötzlich sah er überhaupt nicht mehr aus wie der nette siebzehnjährige Junge. Er sah aus wie ein Erwachsener, der auf der Hut war – und er wirkte sehr gefährlich!

Anne war nicht aufgefallen, dass sich die Stimmung geändert hatte. Die anderen Kinder nahmen sich zusammen und versuchten, sich auf die Vorstellung zu konzentrieren. Julius zerbrach sich den Kopf darüber, wie er Alex' Verdacht zerstreuen könnte.

»Anne, nun hör doch endlich auf, nach diesem Eisverkäufer Ausschau zu halten«, sagte er. »Du hast wirklich schon genug Eis gegessen.«

Anne verstand, dass sie damit zur Ordnung gerufen werden sollte – und sie wusste auch gleich, warum. Mit hochrotem Gesicht sah sie der Vorstellung weiter zu. Alex schien sich zu entspannen.

Aber jetzt hatten die Fünf Freunde nicht mehr den geringsten Zweifel: Die Kolkovs waren nicht so harmlos, wie sie taten. Inzwischen war der Professor sicher schon festgenommen worden, aber warum kam die Polizei denn nicht her, um Alex zu verhaften?

Endlich war die Zirkusvorstellung vorüber. Tante Fanny und Onkel Quentin, Alex und die Fünf Freunde machten sich auf den Weg zum Ausgang. Die Nacht war warm, der Himmel klar, der Mond schien und die Sterne funkelten am Himmel.

Plötzlich traten drei Männer in Uniform hinter dem Wohnwagen der Zirkusleute hervor. Einer von ihnen war der Inspektor, ein alter Freund von Onkel Quentin. Er kam zu ihnen herüber.

»Die Aktion ist geglückt«, sagte er Onkel Quentin leise ins Ohr. »Ich dachte, wir warten lieber hier draußen auf euch. Im Zelt wollten wir keine Panik auslösen.« Dann sagte er laut zu Alex: »So, junger Mann: Im Namen des Gesetzes, Sie sind verhaftet.«

Er gab den beiden Beamten, die ihn begleiteten, ein Zeichen, und sie gingen auf Alex zu und wollten ihn packen. Den Kindern lief es eiskalt über den Rücken – es gab keinen Zweifel mehr, die Kolkovs waren tatsächlich Spione.

Die Polizisten hatten allerdings nicht damit gerechnet, dass Alex so schnell reagieren würde. Er hatte ja bereits während der Vorstellung gemerkt, dass etwas nicht in Ordnung war. Bevor ihn irgendjemand davon abhalten konnte, rannte er davon, flink wie ein Wiesel. Er flitzte um die Wohnwagen herum, drängelte sich durch eine Gruppe von Leuten und lief auf den dichten Wald hinter der Wiese zu.

»Wenn er in den Wald läuft, wird es schwer werden, ihn zu erwischen«, sagte Julius. »In der Dunkelheit kann er einen ordentlichen Vorsprung gewinnen, vielleicht schafft er's bis zur Hauptstraße und trampt nach London.«

»Oder er springt auf einen Güterzug auf«, meinte Anne, die so was einmal in einer spannenden Spionagegeschichte gelesen hatte. Aber dieses Erlebnis hier und jetzt war mindestens ebenso aufregend.

Inzwischen hatten die Polizisten und Onkel Quentin die Verfolgung aufgenommen. Tante Fanny sagte, sie würde im Auto warten. Sie hatte wohl damit gerechnet, dass die Kinder ihrem Beispiel folgen würden, aber da war sie schief gewickelt. Während Julius, Richard und Anne noch herumstanden und redeten, hatte Georg die Sache schon in die Hand genommen. Sie zeigte mit dem Finger auf den fliehenden Alex und schärfte Tim ein: »Fass, Tim! Guter Hund. Los, fass ihn!«

Tim schoss wie ein Blitz davon. Ein kurzes »Wuff« bestätigte Georg, dass er wusste, worum es ging. Und er war schneller als Alex, denn schließlich hatte er vier kräftige Beine. Georg rannte hinter ihm her, und Julius, Richard und Anne rannten hinter ihr her: Vier Erwachsene, vier Kinder und ein Hund machten Jagd auf Alex Kolkov!

Leider war die Wiese ziemlich uneben, es gab tückische Löcher und Maulwurfshaufen, über die man stolpern, und Gestrüpp, an dem man mit den Füßen hängen bleiben konnte. Deshalb kamen die Verfolger nur langsam voran. Alex dagegen rannte sehr schnell und mit vollem Risiko. Ihm war klar, dass Schnelligkeit seine einzige Chance war. Mit Tim konnte er es trotzdem nicht aufnehmen.

»Los, Tim! Pack ihn!«, rief Georg ihrem Hund immer wieder hinterher. Und jedes Mal, wenn Tim ihre Stimme hörte, rannte er noch ein bisschen schneller.

Der Waldrand war schon fast erreicht, und Alex holte das Letzte aus sich heraus, um sich in Sicherheit zu bringen. Aber es war zu spät, Tim hatte ihn eingeholt.

Das Spiel war aus für den jungen Spion. Er versuchte, den Hund abzuschütteln und sich zu befreien, aber Tim wollte ihn um keinen Preis der Welt loslassen. Als Georg und die Polizisten die beiden endlich erreicht hatten, wollte Alex den Hund gerade erwürgen. Die drei Männer hatten Mühe, ihn zu überwältigen. Schließlich konnten sie ihm aber Handschellen anlegen. Alex hatte die Zähne fest zusammengebissen und sah fuchsteufelswild aus. Nun war deutlich zu erkennen, wie alt er in Wirklichkeit war: zweiundzwanzig.

Tim wirkte ganz benommen und Georg kümmerte sich sofort liebevoll um ihn. Sie triumphierte, aber sie war auch furchtbar wütend. »Wenn dieser Mistkerl dir was angetan hätte, dann hätte ich ihn mit meinen eigenen Händen erwürgt«, erzählte sie ihrem Hund.

Onkel Quentin, Richard, Julius und Anne waren inzwischen auch eingetroffen. Sie streichelten Tim und sagten ihm, was für ein guter, tüchtiger Hund er doch sei.

Dann kehrten sie alle ins Felsenhaus zurück, wo zwei weitere Polizisten Professor Kolkov bewachten. Der Professor sah noch wütender aus als sein Sohn – wenn Alex denn wirklich sein Sohn war …

»Gute Arbeit«, sagte der Inspektor, als sich die ganze Gesellschaft im Wohnzimmer von Georgs Eltern versammelt hatte. »Herzlichen Glückwunsch, Kinder, ihr habt uns auf die Spur dieser Gauner gebracht.« Er zeigte auf den Professor und erklärte Onkel Quentin: »Dieser Mann wollte Ihre Pläne fotografieren, nachdem er sie gewaltsam aus dem Safe geholt hat. Sie hatten ja nichts anderes erwartet. Und wir haben ihn auf frischer Tat ertappt.«

»In flagrante delicto«, sagte Richard munter. Er war froh, einmal ein bisschen angeben zu können, und war auch so gnädig, den anderen zu erklären, was das bedeutete: »Das ist Latein und heißt: auf frischer Tat ertappt.«

»Stimmt genau«, sagte der Inspektor und lachte. »Ja, nun werden wir dieses entzückende Paar in eine Zelle verfrachten und morgen früh dem Haftrichter vorführen. Und wir werden Sie über die weiteren Entwicklungen natürlich auf dem Laufenden halten.«

Im Felsenhaus machte sich Erleichterung breit.

Onkel Quentin musste an diesem Abend ein Machtwort sprechen, dann erst gingen die Kinder zu Bett. Sie konnten gar nicht damit aufhören, die Ereignisse des Abends immer wieder von Anfang bis Ende zu besprechen. Auf das Lob des Inspektors waren sie enorm stolz, und Tim war so aus dem Häuschen, dass er im Zimmer herumsprang und niemand ihn beruhigen konnte.

Am nächsten Morgen sah alles viel nüchterner aus. Die Kinder warteten voller Ungeduld auf Neuigkeiten. Aber erst am frühen Nachmittag wurde Onkel Quentin auf die Polizeiwache bestellt. Als er wiederkam, liefen ihm die Fünf Freunde aufgeregt entgegen.

»Was war los?«, fragte Georg eifrig.

»Also, Dank eurer Mithilfe hat die Polizei zwei berüchtigte Spione festnehmen können. Die Männer, die gestern verhaftet wurden, sind nicht Nicholas und Alex Kolkov, da hattet ihr ganz Recht. Sie heißen in Wirklichkeit Zekov und Rakin. Wie die Kolkovs kommen auch sie aus einem osteuropäischen Land, aber mehr haben sie mit den Kolkovs auch nicht gemein. Der echte Wissenschaftler und sein Sohn sind tatsächlich in London auf dem Flughafen angekommen, wir haben ja das Interview mit ihnen im Fernsehen gesehen. Aber kurz darauf wurden die beiden von einem internationalen Spionagering entführt. Eine unabhängige Organisation, wie sich herausgestellt hat.«

»Willst du damit etwa sagen, dass die beiden nicht für ihr eigenes Land gearbeitet haben?«, wollte Julius wissen.

»Ja, mein Junge«, sagte Onkel Quentin. »Diesen Spionen ging es nur darum, so viel Geld wie möglich durch den Handel mit geheimen Informationen rauszuschlagen. Sie verkaufen einfach an denjenigen, der für ihre gestohlenen Unterlagen am meisten bietet. Und Interessenten dafür gibt es überall. «

»Junge, Junge, ein internationaler Spionagering«, murmelte Richard beeindruckt.

»Ja, die nennen sich KONTROLL«, sagte Onkel Quentin.

»Aber was ist denn nun mit den echten Kolkovs passiert?«, fragte Georg.

# Die alte Festung

»Die echten Kolkovs? Nach der Entführung haben die Leute von KONTROLL sie an einem sicheren Ort versteckt«, berichtete Onkel Quentin. »Jetzt werden sie bestimmt bald freikommen.«

»Aber warum haben die anderen beiden denn so getan, als wären sie die Kolkovs?«, fragte Anne.

»Gute Frage, meine Liebe«, sagte Onkel Quentin und lächelte sie an. »Laut Plan sollten die Hochstapler auf der Konferenz von Tenkendorf spionieren. Sie sollten so viele geheime Informationen wie möglich sammeln und wertvolle Dokumente stehlen beziehungsweise fotografieren. Dann wollten die Spione diese Unterlagen an irgendwelche Länder verkaufen, die gut dafür bezahlen würden.«

»Aber sind die nicht ein enormes Risiko eingegangen«, fragte Richard, »wenn die sich als so bekannte Leute ausgeben wie Professor Kolkov und seinen Sohn?«

»Das war gar nicht so riskant, wie du denkst,

Richard«, antwortete Onkel Quentin. »Erstens sind Zekov und Rakin entweder selbst Varanier oder zumindest aus einem der Nachbarländer, die Polizei weiß das noch nicht genau. Jedenfalls kennen sie das Land und die Sprache. Und Zekov ist ein äußerst kluger Kopf. Es war nicht besonders schwer für ihn, sich als Professor Kolkov auszugeben, weil man dem alten Wissenschaftler ja nachsagt, dass er meistens ziemlich unwirsch auftritt und nicht viel redet. Außerdem hatte er alle Unterlagen, die seine Organisation dem echten Professor gestohlen hatte, und damit konnte er eine überzeugende Vorstellung geben, wie wir wissen. Schließlich hat er uns alle hinters Licht geführt.« Hier machte Onkel Quentin eine Pause. »Uns alle, außer euch, natürlich. Ihr habt euch ja nicht täuschen lassen! Wenn ihr nicht bemerkt hättet, dass er eine Perücke trägt und sich, unbeobachtet, ausgesprochen gemein verhält, dass sein Komplize viel älter als siebzehn ist, und ihr den nicht beobachtet hättet, als er sich von der Insel schlich – ja dann wäre der Diebstahl der Dokumente nicht aufgeklärt worden. Und unsere Konferenz in Tenkendorf hätte mit einem Desaster geendet. Ihr habt eure Sache wirklich ausgezeichnet gemacht!«

Du lieber Himmel, so ein Lob hatten sie von Onkel Quentin noch nie gehört!

»Na, Ende gut, alles gut, was?«, sagte Julius zufrieden.

Onkel Quentin lächelte.

»Also, so ganz stimmt das noch nicht. Das gute Ende kommt erst, wenn die Kolkovs wieder frei sind«, sagte er. »Aber das kann nicht mehr lange dauern. Die Polizei hatte ziemliche Mühe, die entsprechenden Informationen aus den beiden Spionen Zekov und Rakin herauszuquetschen. Sie wollten zunächst nicht verraten, wo die Kolkovs gefangen gehalten werden, weil sie Angst davor hatten, dass ihre Komplizen sich an ihnen rächen würden.«

»Aber wo hat dieser Spionagering denn nun den echten Professor und seinen Sohn versteckt?«, fragte Georg neugierig.

»Nicht so weit von hier. Im Kerker von Schloss Corrie. Das Gewölbe ist schon seit einiger Zeit für die Öffentlichkeit nicht zugänglich, weil es baufällig ist. Der Inspektor hat versprochen, mich anzurufen, sobald die Polizei den echten Professor und dessen Sohn gefunden hat.«

»Warum haben sie so lange gewartet?«, fragte Anne erstaunt.

»Weil Zekov und Rakin nichts sagen wollten, das hab ich doch schon erwähnt. Außerdem musste die Polizei diese Aktion sorgfältig vorbereiten, damit den Gefangenen bei dem Befreiungsversuch auch wirklich nichts zustößt.«

»Ich glaube, ich bin erst richtig froh, wenn ich weiß, dass der alte Professor und sein Sohn in Sicherheit sind«, sagte Anne. Sie klang ganz besorgt.

Da klingelte das Telefon.

»Ah, das wird der Inspektor sein«, sagte Onkel Quentin. »Er will mir bestimmt mitteilen, dass alles in Ordnung ist. Dann kann ich die Kolkovs abholen und sie zu uns nach Hause bringen. Sie müssen sich bestimmt erst mal richtig ausruhen. Hallo? Ja … ja …«

Das Lächeln verschwand mit einem Schlag von seinem Gesicht. Die Kinder sahen, dass er die Stirn runzelte.

»Was?«, sagte Onkel Quentin. »Sie haben die Kolkovs nicht? Da war überhaupt keiner im Schloss? Ja, ich verstehe … Ja, das ist ganz meine Meinung, Inspektor. Diese KONTROLL-Spione müssen erfahren haben, dass Sie Rakin und Zekov verhaftet haben, worauf sie ihre Gefangenen in ein anderes Versteck gebracht haben. Ach du meine Güte, ja … Das tut mir furchtbar Leid. Ja … bitte rufen Sie mich sofort an, wenn Sie neue Informationen haben.«

Und damit legte er den Hörer auf. Er brauchte den Kindern nichts zu erklären. Georg und ihre Freunde hatten verstanden, was geschehen war.

»Mensch, das ist aber ein Pech«, sagte Richard. »Die armen Kolkovs. Aber warum will KONTROLL sie nicht freilassen, nachdem ihr Plan aufgeflogen ist?«

»Vielleicht versuchen sie, noch irgendwas aus dem echten Professor rauszukriegen«, meinte Anne.

»Oder sie nehmen die beiden als Geiseln«, sagte Georg. »Vielleicht sollen sie gegen Rakin und Zekov ausgetauscht werden.«

»Ich weiß auch nicht mehr als ihr, Kinder«, sagte Onkel Quentin, und er ging Tante Fanny suchen, um ihr die letzten Neuigkeiten zu erzählen.

Die Fünf Freunde blieben allein zurück. Schweigend sahen sie einander an.

»Das können wir doch nicht zulassen«, sagte Georg wütend.

»Diese armen, armen Leute«, schluchzte Anne mit Tränen in den Augen.

»Mensch, nun hör aber auf zu flennen, du Heulsuse«, fuhr Georg ihre kleine Kusine an. »Es hat doch keinen Zweck, hier rumzuschluchzen. Wir müssen was unternehmen!«

»Ja, aber was?«, sagte Julius düster.

»Wir können zum Beispiel zum Schloss rüberfahren und uns in den Ruinen umschauen. Das wär ein Anfang«, meinte Georg.

»Prima Idee«, sagte Richard, der gleich wusste, was seine Kusine vorhatte. »Vielleicht finden wir eine Spur.«

»Ziemlich unwahrscheinlich«, fand Julius. »Die Polizei wird ja wohl alles gründlich abgesucht haben, meint ihr nicht auch?«

»Sicher«, sagte Georg. »Aber die haben nach zwei entführten Männern gesucht. Vielleicht ist ihnen dabei irgendeine Kleinigkeit entgangen, irgendwas ganz Klitzekleines.«

»Okay, es kann ja nicht schaden, mal eine kleine Radtour zum Schloss zu machen und nachzusehen«, gab Julius zu.

»Wuff«, machte Tim energisch, als er sah, dass die Kinder zur Tür gingen. Ein Spaziergang! Und ein Spaziergang hieß: Kaninchen jagen!

Die Fünf Freunde machten sich sofort auf den Weg. Abendessen würde es erst in ein paar Stunden geben, bis dahin konnten sie tun und lassen, was sie wollten. Eilig hatten sie es also nicht und so radelten sie gemächlich los. Ihre starken Taschenlampen hatten sie dabei, damit sie im Kerker von Schloss Corrie auch etwas sehen konnten.

Die Ruine lag verlassen da. Die Polizeiaktion war so gut geplant gewesen, dass überhaupt kein Aufsehen erregt worden war. Die Öffentlichkeit hatte gar nichts davon mitbekommen und deshalb standen hier auch keine Schaulustigen herum.

»Gut für uns«, sagte Georg. »Kommt, wir fangen gleich mit der Suche an.«

Sie ließen ihre Räder hinter einer Hecke liegen und schlüpften unter dem Stacheldraht, der die Schlossruine umzäunte, hindurch. Kurz darauf tasteten sich die Fünf Freunde vorsichtig in den Kerker des Schlosses hinunter. Der war solide gebaut, aus Mauerwerk, das noch jahrhundertelang stehen würde. Wegen der Baufälligkeit der Schlossruine war es aber gefährlich, in das Gewölbe hinunterzusteigen. Die Fünf Freunde gingen deshalb besonders vorsichtig zu Werke.

Sie stellten fest, dass einer der Räume offensichtlich vor kurzem benutzt worden war. Blätter und Zweige waren auf dem Boden zu einer Art Lager aufgeschichtet worden, die Reste einer Mahlzeit lagen auch herum. Aber wenn hier sonst noch etwas Interessantes zu finden gewesen war, dann hatte es die Polizei bestimmt mitgenommen.

»Hier muss sich der Mann aufgehalten haben, der die Gefangenen bewacht hat«, sagte Julius. »Die Tür lässt sich nicht abschließen.«

»Stimmt, die anderen Türen haben nagelneue Riegel auf den Außenseiten«, stellte Richard fest. »Dahinter sind Professor Kolkov und sein Sohn festgehalten worden.«

In dem Verließ, in das Julius geschaut hatte, lagen noch eine Zeitung und eine leere Zigarettenschachtel. In dem anderen musste sich das improvisierte Lager befunden haben.

»Vermutlich säubert die Polizei morgen diese Räume«, sagte Anne. Sie fand es gruselig, dass hier vor gar

nicht langer Zeit noch zwei Menschen gefangen gehalten worden waren.

»Hallo! Was haben wir denn da?«, sagte Georg plötzlich, als sie Tim in einer Ecke herumschnüffeln sah. »Hast du was gefunden, Tim?«

»Wuff«, machte Tim glücklich.

Und dann warf er etwas mit der Pfote in die Luft, als ob er damit spielen wollte. Georg fing es auf, bevor es wieder auf den Boden fallen konnte. Es war ein kleines weißes Knäuel.

»Na, das sieht ja aus wie ein zerknülltes Taschentuch«, staunte Georg. Sie glättete den Stoff mit der Hand, während sie das sagte, und plötzlich stieß sie einen Triumphschrei aus. »Da steht was drauf!«, rief sie. »Eine Botschaft auf englisch, von Alex Kolkov unterzeichnet.«

Die Geschwister umringten Georg neugierig.

»Mensch, zeig mal, nein, lies vor, Georg!«, rief Richard. Georg breitete das Taschentuch über ihr Knie und entzifferte mühsam die Botschaft. Leicht war das nicht, weil die Wörter verschmiert waren; Alex hatte mit Kugelschreiber auf den Baumwollstoff geschrieben.

»›An jeden, der uns helfen kann: Mein Vater, Nikolas Kolkov, und ich sind Gefangene des internationalen Spionageringes KONTROLL …‹«

»Wissen wir längst«, sagte Anne.

»Ja, aber das weiß er doch nicht, du alberne Gans«, fuhr Georg ihre Kusine an. »Er weiß ja noch nicht mal, wer das hier findet. Hört euch den Rest an.« Sie las weiter: »›Ich weiß nicht, wo wir uns befinden, aber heute Morgen habe ich gehört, dass zwei Männer darüber geredet haben, uns in ein anderes Versteck zu bringen. Wir werden in die alte Festung gebracht. Das ist vielleicht ein Anhaltspunkt. Gezeichnet: Alex Kolkov.‹«

»Die alte Festung?«, rief Richard aufgeregt. »Also, das muss doch …«

» … die alte Festung oben an der Seeschneckenbucht sein«, beendete Julius Richards Satz. »Wisst ihr noch, letzten Sommer haben wir da Verstecken gespielt.«

»Ja, dorthin müssen sie die Kolkovs gebracht haben«, meinte auch Georg. »Irgendjemand hat die alte Festung vor einiger Zeit gekauft. Die Leute haben die Erlaubnis bekommen, das alte Gemäuer abzureißen, weil es nicht von großem historischem Interesse ist. Jetzt soll dort ein Hotel gebaut werden, im Herbst gehen die Bauarbeiten los. Aber schon diesen Sommer darf man das Gelände nicht mehr betreten. Na, da sind sowieso nie viele Leute hingekommen, weil es drum herum nur so von Blindschleichen wimmelt. Total harmlos, aber manche Leute haben eben Angst davor.«

»Ich zum Beispiel«, gab Anne zu. »Deshalb wollte ich in dieser Gegend auch nicht mehr spielen.«

Julius runzelte nachdenklich die Stirn. »Ich denke, es ist das beste, wenn wir diese Botschaft gleich zur Polizei bringen«, sagte er. »Die werden schon wissen, was zu tun ist.«

Aber Richard und Georg sahen ihn nur wütend an.

»Echt, Julius, das ist eine schwache Idee«, sagte Georg verächtlich. »Wir haben eine Spur von den Gefangenen und den Entführern, kapierst du? Und da wollen wir doch nicht, dass sie uns ein zweites Mal durch die Lappen gehen.«

»Genau«, sagte Richard. »Hör mal, Julius, die Spione werden jetzt doch wohl ziemlich auf der Hut sein, nicht wahr? Und deshalb wird ihnen vermutlich ein Haufen anrückender Polizisten kaum entgehen. Wenn sie in Panik geraten und die Kolkovs vielleicht in aller Eile woandershin bringen, können wir uns nicht darauf verlassen, dass Alex Kolkov uns noch einmal eine Nachricht hinterlässt.«

Aber das überzeugte Julius nicht.

»Ich könnte mir vorstellen, dass die Spione die alte Festung nur vorübergehend als Versteck benutzen«, meinte er. »Sobald sie Gelegenheit haben, die Sache miteinander zu besprechen, werden sie ihre Gefangenen irgendwo anders hinbringen, viel weiter weg, da bin ich mir ziemlich sicher.«

»Nein, das machen sie nicht«, widersprach Georg ihm. »Oder jedenfalls nicht so schnell. Hast du denn nicht die Nachrichten im Radio gehört? Der Sprecher hat gesagt, dass alle Straßen überwacht werden, es gibt überall Straßensperren, damit die Spione nicht fliehen können.«

»Weißt du was, Julius? Ich glaube, Georg und Richard haben ganz Recht«, sagte die kleine Anne schüchtern, denn normalerweise war sie sich immer mit ihrem großen Bruder einig. Aber dieses eine Mal musste sie den anderen beiden Recht geben. »Die Entführer haben sich in dieser Gegend aufgehalten, nicht wahr? Daran werden sie erst einmal nichts ändern.«

»Stimmt genau, Anne«, sagte Richard. »Aber nun

müssen wir was unternehmen, damit die beiden Kolkovs so bald wie möglich wieder frei sind.«

Schließlich ließ Julius sich überzeugen und hatte den besten Plan, sich unbemerkt der Festung zu nähern. Die Spione würden garantiert keinerlei Verdacht schöpfen.

»Hört zu«, sagte er. »Wir tun so, als ob wir auf einer Radtour durch diese Gegend sind und zelten wollen. Wir können unsere Zelte auf der Wiese vor der Festung aufschlagen. Dann wirkt es ganz natürlich, wenn wir da hin und her laufen, und wir können dabei die Festung beobachten, ohne dass jemand Verdacht schöpft.«

»Oh, und was ist mit den Schlangen?«, fragte Anne ängstlich. »Wenn die nun doch giftig sind?«

»Aber das sind sie nicht. Das sind bloß Blindschleichen, hab ich dir doch letztes Jahr schon gepredigt«, sagte Georg. »Blindschleichen sind ziemlich groß, aber total harmlos.«

»Du könntest ja mal versuchen, einen schönen Eintopf draus zu machen, Anne. Die sind doch wie Aale«, sagte Richard, um seine Schwester ein bisschen auf die Schippe zu nehmen. »Ich fang uns welche zum Abendbrot.«

Die arme Anne! Sie kreischte vor Entsetzen und Julius und Georg konnten sich kaum noch halten vor Lachen. Tim bellte. So ein herzliches Gelächter tat den Kindern gut, und sie hörten auf, sich zu streiten. Nun mussten sie ihren genialen Plan nur noch in die Tat umsetzen.

Zu Hause gab es keinen Protest, als sie sagten, sie wollten in der Nähe der alten Festung übernachten. Tante Fanny und Onkel Quentin waren der Meinung, dass frische Luft das beste für die Kinder war, und waren sofort mit allem einverstanden. Tante Fanny ging in die Speisekammer und packte einen Essenskorb für die Kinder und Tim.

Am nächsten Morgen machten sich die Fünf Freunde auf den Weg. Die Jungs hatten Fahrradanhänger dabei, und darauf war alles verstaut, was man für ein paar Tage Campingurlaub brauchte: Zelte, Schlafsäcke, Proviant und ein Haufen anderer Sachen.

Tim thronte in Georgs Fahrradkorb und ließ die Ohren im Wind flattern. Er sah fast so aus wie ein römischer Kaiser in seinem Streitwagen.

Die alte Festung lag etwa zwölf Kilometer vom Felsenhaus entfernt an einem schmalen Sandweg, der recht steil anstieg. Da es heiß an diesem Tag war, kamen die Kinder ordentlich ins Schwitzen.

»Weiter, Leute«, keuchte Richard. »Da oben auf dem Hügel gibt es ein kleines Café.«

»Wirklich?«, fragte Anne, die ihm das tatsächlich glaubte.

»Ja klar, und eine schöne kleine Quelle, an der sich alle Blindschleichen der Gegend jeden Sonntagmorgen versammeln, um sich ordentlich zu betrinken«, zog ihr Bruder sie auf.

Julius konnte sich ein Lachen nicht verkneifen.

»Ach, halt doch die Klappe, Richard«, sagte Georg. »Spar dir lieber deine Puste für die Steigung. Und denkt alle daran, was wir machen, wenn wir oben auf dem Hügel angekommen sind.«

»Keine Sorge«, sagte Julius. »Wir reden in voller Lautstärke darüber, dass wir unsere Zelte aufschlagen und dort übernachten wollen. Damit jeder, der uns hört, denkt, wir seien bloß harmlose Touristen.«

»Lasst uns überlegen, wie wir den Kolkovs ein Zeichen geben können. Sie sollten wissen, dass wir rausgefunden haben, wo sie sind, und dass wir versuchen werden, sie zu befreien«, meinte Richard.

»Das geht schon in Ordnung«, sagte Georg. »Ich hab an alles gedacht.«

Plötzlich sprang Julius von seinem Rad. Er gab den anderen ein Zeichen, es genauso zu machen. Sie taten es, aber sie hatten keine Ahnung, was er vorhatte.

»Was ist los?«, wollte Richard wissen. »Sonst bist du doch nie der Erste, der vom Rad springt, wenn es bergauf geht, Julius. Na, komm schon, es ist nicht mehr weit.«

»Das hat doch damit nichts zu tun«, sagte Julius. »Mir ist nur gerade klar geworden, was du eben gesagt hast.«

»Was war das noch mal?«, fragte Richard, der es schon nicht mehr wusste.

»Na, dass wir versuchen würden, die Gefangenen zu befreien. Wir sind so planlos aufgebrochen, um zu den Kolkovs zu kommen, dass wir uns gar nicht überlegt haben, *wie* wir sie eigentlich retten wollen.«

»Mensch, das fällt uns schon ein, wenn wir dort sind«, sagte Georg ungeduldig. »Und wenn uns nichts einfällt, dann holen wir eben die Polizei. Das Wichtigste ist jetzt erst mal, dass die Kolkovs auch wirklich da oben sind. Also, kommt schon.«

Und sie radelten weiter. Tim hatte sich inzwischen etwas die Beine vertreten und nach Kaninchen gesucht. Jetzt lief er den anderen voran und bellte fröhlich die Schmetterlinge an.

Als die Fünf Freunde endlich oben auf dem Hügel angekommen waren, betraten sie die große Wiese, auf der die Festung stand. Sofort fingen sie an, laut zu reden und sich dies und das zuzurufen, damit lauschende Spione alles Mögliche über sie erfahren konnten. Aber natürlich war nichts davon wahr.

»Klasse!«, brüllte Julius. »Das ist ein toller Platz zum Zelten.«

»Oh, aber nicht so nah an der Festung!«, rief Anne. »Ich weiß, es wimmelt da von Schlangen, und ich hab doch solche Angst vor allen Kriechtieren.«

»Reg dich ab, diese langweilige Festung interessiert mich nicht die Bohne«, grölte Georg. Sie stand an einem kleinen Bach und winkte die anderen heran. »Kommt mal her, das ist ein guter Platz, hier unter den Bäumen sind wir geschützt und frisches Wasser gibt es auch.«

»Stimmt«, rief Richard zurück. »Das ist unser Platz! Kommt, beeilt euch mal ein bisschen.«

Julius, Richard und Anne liefen hinüber zu Georg und Tim. Sie taten so, als wären sie begeistert von der Aussicht, die man von dem Hügel aus hatte, und drehten der Festung die Rücken zu, um aufs Meer hinunterzuschauen. Als sich ihre Begeisterung etwas gelegt hatte, fingen sie an, ihre Sachen auszupacken.

»Mir ist so, als ob wir beobachtet würden«, flüsterte Anne ihrer Kusine zu.

»Gut so«, flüsterte Georg zurück. »Das würde bedeuten, dass die Feinde tatsächlich hier sind – mit ihren Gefangenen.«

Die Jungs bauten mit viel Lärm und Angeberei die Zelte auf. Derweil stieß Georg auf ein unerwartetes Problem: Tim hatte nämlich damit aufgehört, den Schmetterlingen hinterherzuhetzen, und beschlossen, die Festung zu erkunden. Er presste seine Schnauze auf den Boden und fand eine Fährte, die er offensichtlich für hochinteressant hielt. Als Georg ihn am Halsband packte und zum Bach zurückzerrte, knurrte er unwillig.

Sie beugte sich über ihn und flüsterte ihm lange ins

Ohr. »Hast du das kapiert?«, fragte sie schließlich. »Sei ein guter Hund und bleib bei mir. Nicht abhauen, verstanden?«

Tim konnte es gar nicht fassen, denn sonst ließ Georg ihn nach Herzenslust rumstromern, so lange er niemandem auf die Nerven ging. Jetzt zeigte er ihr, dass er genau verstanden hatte, was sie wollte. »Wuff«, machte er niedergeschlagen.

Dann trottete der gute alte Tim resigniert hinter Georg her.

Anne bereitete einen Grillplatz vor, und dabei zerbrach sie sich den Kopf darüber, wie man die Gefangenen wissen lassen konnte, dass Freunde in der Nähe waren. Das würde die Kolkovs sicher aufmuntern, und sie wären bereit zur Flucht, wenn Rettung nahte. Aber leider fiel Anne nichts Vernünftiges ein.

Das Abendessen verlief ziemlich fröhlich. Jeder, der die Kinder beobachtete, hätte geschworen, dass sie sich über nichts auf der Welt Sorgen machten. Und das war auch fast so, denn sie fanden die Würstchen, die Anne gegrillt hatte, klasse, und sie tranken literweise Limonade, weil das ganze Geschrei sie so durstig gemacht hatte.

Aber trotz aller Fröhlichkeit hielten sie die Augen offen. Doch in der Festung regte sich nichts. Nicht das kleinste Geräusch drang zu ihnen herüber. Julius fragte sich schon insgeheim, ob die Wächter der Kolkovs überhaupt diese alte Festung gemeint hatten.

Nach dem Essen spielten die Kinder eine Weile Ball. Dabei kamen sie etwas näher an das alte Gebäude heran, aber sie taten so, als ob es sie nicht besonders interessierte.

Georg hatte Tim eingeschärft, nicht in den Ruinen herumzuschnüffeln.

Aber so sehr sie auch rumtobten und hin und her hetzten und immer wieder verstohlene Blicke auf das alte Gemäuer warfen, ihnen fiel nichts Verdächtiges auf. Als sie müde waren, machten sie es sich bei den Zelten gemütlich. Sie setzten sich schließlich ums Lagerfeuer herum, nachdem die Sonne untergegangen war. Richard holte seine Mundharmonika heraus, Anne summte eine Melodie und Julius schnitzte an einem Stock. Georg hatte sich im Schneidersitz hingesetzt und streichelte Tim, der neben ihr lag. Sie hatte die alte Festung im Blick, wenn sie Richard über die Schulter schaute.

Plötzlich zuckte sie zusammen.

»Richard«, hauchte sie. »Spiel weiter! Und ihr anderen, ihr guckt nicht zur Festung rüber. Benehmt euch total unauffällig. Da bewegt sich was. Besser gesagt: Da bewegt sich jemand. Ja, ja, da kommt eine seltsame Gestalt aus dem Tor.«

# Der echte Alex

»Psst, Tim, ruhig«, flüsterte Georg ihrem Hund zu.

»Wie sieht diese Gestalt denn aus?«, fragte Julius leise.

»Wie jemand auf einem Pferd – ach nein! Nein, es ist jemand auf einem Motorrad. Er stößt sich mit den Füßen ab, um voranzukommen, denn der Motor läuft nicht.«

»Natürlich, damit man ihn nicht hört!«

»Ich kann ihn kaum erkennen, er fährt den Hügel runter«, sagte Georg.

»Das ist einer von den Wächtern der Kolkovs«, flüsterte Anne aufgeregt. »Also ist es doch die richtige Festung.«

Richard hatte aufgehört zu spielen. Keines der Kinder rührte sich, aber sie spitzten alle die Ohren. Es schien ewig zu dauern, bevor sie in der Ferne das Motorengeräusch hörten.

»Unser Mann hat den Motor erst gestartet, als er unten am Hügel war«, sagte Julius.

»Wo der wohl hinwill?«, fragte Anne leise.

»Wahrscheinlich zu seinen Komplizen«, meinte Richard. »Dann erzählt er ihnen, dass wir hier sind, und fragt, was er machen soll. Oder er holt Proviant. Vielleicht erkundigt er sich auch, was es Neues gibt.«

»Ich wüsste zu gern, ob es mehr als einen Wächter gibt, der die Gefangenen bewacht«, sagte Georg nachdenklich. »Wenn der Mann auf dem Motorrad der einzige Wächter wäre, könnten wir rüberlaufen und die Festung mal unter die Lupe nehmen. Aber ich nehme an, sie sind mindestens zu zweit. Ein Mann allein hätte die Kolkovs wohl kaum hierher bringen können.«

Die Kinder beschlossen, kein Risiko einzugehen. Sie krochen in die Zelte, aber sie legten sich nicht schlafen; sie warteten auf die Rückkehr des Motorradfahrers.

Schließlich war ein schwaches Motorengeräusch zu hören. Sie lauschten und beobachteten durch die Zelteingänge, was nun geschah. Das Geräusch verstummte plötzlich und einen Augenblick später bewegte sich ein Schatten lautlos über die Hügelkuppe. Ein Mann schob das Motorrad den Weg hinauf.

Im selben Moment trat ebenso lautlos ein anderer Schatten aus dem Tor der Festungsruine.

»Da«, flüsterte Georg Anne zu. »Es sind also zwei!«

Der Mann mit dem Motorrad sprach leise mit seinem Komplizen und dann verschwanden beide in der Festung. Heute Abend würden die Fünf Freunde nichts mehr sehen oder hören, das war ihnen klar. Und deshalb gingen sie schlafen. Sie waren hundemüde.

Anne war am nächsten Morgen bester Laune. In der Nacht hatte sie eine tolle Idee gehabt. Ihr war eingefallen, wie sie mit den Gefangenen Kontakt aufnehmen könnten.

Während Anne das Frühstück bereitete, erzählte sie ihren Brüdern und Georg, was sie sich ausgedacht hatte.

»Hört mal, wir müssen die Kolkovs doch irgendwie wissen lassen, dass wir rausgefunden haben, dass sie in der Festung sind und wir ihnen helfen werden.«

»Und vielleicht kommen sie dann auf die glorreiche Idee, uns wissen zu lassen, wo sie stecken«, murmelte Richard, dem die Warterei auf die Nerven ging.

»Das ist was ganz anderes«, unterbrach Georg ihn ungeduldig. »Lass Anne erst mal ausreden.«

»Ich glaub, ich weiß, wie wir das machen können«, fuhr Anne bescheiden fort. »Ich pflücke vor der Festung einen Blumenstrauß und singe dabei ein Lied.«

»Und was dann?«, fragte Julius, der keine Ahnung hatte, worauf seine Schwester hinauswollte.

»Ich verändere den Text ein bisschen, damit die Gefangenen begreifen, dass etwas passiert«, erklärte Anne.

»Und die Wächter kriegen es dann auch gleich mit«, sagte Georg grinsend.

»Nein, das tun sie nicht. Ich erklär dir das mal. Ich mach es so, dass nur die Kolkovs wissen können, was los ist. Die Entführer kapieren überhaupt nichts.«

»Ach ja, jetzt weiß ich, wie du das meinst«, sagte Georg. »Das verknüllte Taschentuch mit der Botschaft von Alex!«

»Genau«, sagte Anne. »Alex wird verstehen, dass jemand das Taschentuch gefunden und seine Botschaft gelesen hat. Und dann weiß er, dass wir wissen, dass er und sein Vater in der Festung sind.«

»Und dann kann er sich zusammenreimen, dass Rettung im Anzug ist«, sagte Julius. »Ganz klasse, Anne, tolle Idee!«

Die Kinder beendeten ihre Mahlzeit schnell. Julius, Georg und Richard kümmerten sich um den Abwasch, während Anne, vor sich hin summend, in Richtung Festung davonging.

In der Nähe der Mauern fing Anne an, Blumen zu pflücken; es gab hier jede Menge Butterblumen und Margeriten. Sogar aus den Mauerritzen wuchsen Blumen. Und Anne sang lauter als zuvor, damit man den Text ihres Liedes auch gut verstehen konnte:

»Dem Liebsten wollt ich ein Tüchlein geben,
doch fiel es tief ins Gras hinein!
Ein Mädchen hob es auf
und steckte es rasch ein.
Nun muss ich zum Zeichen ein neues weben
denn ich gebe niemals auf.«

Dieses Lied sang Anne ein paarmal, während sie um die Festung herumlief und einen Blumenstrauß pflückte. Das war wirklich ein schlauer Einfall von ihr. Was wirkte denn unschuldiger als ein kleines blondes Mädchen, das singend auf einer Wiese Blumen pflückte? Sie glaubte felsenfest daran, dass die Spione den richtigen Text des Liedes nicht kannten, und deshalb würden sie bestimmt keinerlei Verdacht schöpfen. Und selbst wenn sie wussten, wie das Lied wirklich ging, hatte sie sich doch mit keinem Wort verraten. Den Spionen gefiel es sicher nicht, dass sie so dicht an die Festung herangekommen war, aber sie konnten nicht herauskommen und sie fortjagen, wenn sie unbemerkt in ihrem Versteck bleiben wollten.

Anne sang ihr Lied wohl schon zum achten Mal mit klarer Stimme, als sie ein leises Pfeifen bemerkte. Es kam von unten. Anne guckte schnell auf ihre Füße, weil ihr sofort die Schlangen einfielen. Sie schauderte. Sie konnte Schlangen einfach nicht leiden, Blindschleichen machten da keine Ausnahme. Aber es war keine Blindschleiche.

Anne schaute sich etwas genauer um und entdeckte ein vergittertes Kellerfenster, das knapp über dem Boden lag. Von dorther kam ein zweiter leiser Pfiff.

Das kluge Mädchen summte weiter und pflückte noch ein paar Blumen, während es immer näher an das Kellerfenster heranging und schließlich einen Blick durch das Gitter riskierte.

Das Fenster hatte keine Glasscheiben mehr, sondern nur die Gitterstäbe. Zuerst konnte sie nichts weiter sehen als ein dunkles Loch, dann gewöhnten sich ihre Augen an die Dunkelheit in dem Raum, und sie entdeckte zwei menschliche Gestalten, die auf dünnen Matratzen lagen. Soweit Anne erkennen konnte, waren die beiden gefesselt.

Annes Herz klopfte bis zum Hals. Sie hatte die echten Kolkovs gefunden, da war sie sich ganz sicher.

Die kleinere der beiden Gestalten schaffte es, über den Boden zum Fenster hinüberzukriechen. Ein blasses Gesicht schaute zu Anne hoch. Es war das Gesicht eines blonden Jungen von ungefähr siebzehn Jahren!

»Hallo, hast du mein Taschentuch gefunden?«, flüsterte er.

Anne hockte sich vor das Gitter. »Oh, du bist Alex Kolkov, nicht wahr?«, flüsterte sie.

»Ja, aber sei leise. Unsere Wächter dürfen nichts merken. Sie haben uns gefesselt, aber nicht geknebelt.«

»Warum nicht? Ihr hättet doch um Hilfe rufen können.«

Alex lächelte sie traurig an. »Ja, aber sie haben gedroht, dass wir immerzu geknebelt bleiben müssen, wenn wir das tun. Ein Mucks von uns, haben sie gesagt, und wir würden es bitter bereuen. Außerdem, was nützt es schon, an so einem einsamen Ort wie diesem zu schreien?«

»Mach dir keine Sorgen«, sagte Anne. »Wir sind hier – meine Brüder und ich und meine Kusine Georg. Sie ist die Tochter von Quentin Kirrin aus dem Felsenhaus. Uns hättet ihr eigentlich dort besuchen sollen. Wir werden euch helfen, aber wir mussten erst herausfinden, wo ihr eingesperrt seid. Das wissen wir nun ja, ihr müsst also nicht mehr lange auf eure Befreiung warten. Also Kopf hoch! Ich geh jetzt besser.«

Anne stand wieder auf und pflückte weiter Blumen, so als ob überhaupt nichts vorgefallen wäre. Langsam und unauffällig entfernte sie sich von der Festung und wenig später war sie wieder bei ihren Brüdern und Georg und Tim.

»Was war los?«, fragte Richard sofort. »Du warst ja ewig weg. Wir dachten schon, du kommst überhaupt nicht mehr wieder. Na und? Hast du was gesehen? Komm, erzähl schon.«

»Aber ja, ja, das habe ich. Ich hab die Kolkovs gefunden«, berichtete Anne aufgeregt.

Diese Nachricht schlug bei den anderen wie eine Bombe ein.

»Anne, das ist ja großartig!«, rief Georg. »Jetzt wissen wir endlich Bescheid.«

»Psst, reg dich ab«, sagte Julius. »Du willst doch nicht, dass diese Spione Lunte riechen, oder?«

Aber so leicht konnte Georg sich nicht abregen.

»Schnell, wir müssen unseren Angriff planen. Sofort!«, sagte sie.

»Unseren Angriff? Spinnst du? Wir wollen die bei-den retten, das meinst du hoffentlich«, sagte Julius. »He, du willst dich doch wohl nicht ernsthaft mit ei-nem internationalen Schmugglerring einlassen, oder?«

»Nein, natürlich nicht«, erwiderte Georg. Manchmal konnte auch sie einigermaßen vernünftig sein. »Aber wir müssen jetzt zwei Gefangene, ohne Aufsehen zu er-regen, befreien. Und wenn die in Sicherheit sind, gehen wir zur Polizei und geben den entscheidenden Hin-weis.«

Aber Julius schüttelte den Kopf. »Daraus wird nichts, Georg. Das beste ist, wir fahren sofort ins Fel-senhaus zurück. Dann erzählen wir Onkel Quentin al-les und er kann die Polizei holen.«

»Und wenn die kommen, sind die Vögel längst aus-geflogen«, ergänzte Richard. »So viel ist sicher.«

»Genau, das meine ich auch«, sagte Georg. »Die Poli-zei könnte sich nur allzu leicht verraten, bevor die Ak-tion überhaupt anfangen kann. Dann wären die Ent-führer gewarnt, und sie hätten genügend Zeit, mit ih-ren Geiseln zu verschwinden. Denk doch mal daran, was in Schloss Corrie passiert ist, Julius. So was kann ohne weiteres wieder passieren, also stell dich nicht so an, du hältst uns nur auf. Überleg lieber mit uns gemeinsam, wie wir die Kolkovs retten können.«

»Na gut«, sagte Julius. »Aber wir müssen alles ganz sorgfältig planen.«

Die Kinder wollten nicht das geringste Risiko eingehen, belauscht zu werden. Immerhin konnte es ja sein, dass sich einer der Spione aus der Festung geschlichen hatte. Und deshalb entfernten sie sich ein gutes Stück von ihrem Campingplatz, bevor sie Kriegsrat hielten.

Richard hatte eine gute Idee. »Lasst uns an den Strand in der Bucht gehen«, schlug er vor. »Da hört uns keiner, und wenn jemand vorbeikommt, können wir ihn schon von weitem sehen.«

Julius war damit einverstanden. »Okay, wir nehmen diesen kleinen Pfad, der führt direkt zum Strand.«

Der Strand der Seeschneckenbucht bestand aus rund geschliffenen Steinen, dort zu sitzen, war längst nicht so bequem wie auf dem weichen gelben Sand am Strand von Felsenburg, aber hier waren sie völlig ungestört, und darauf kam es ihnen schließlich an.

»Pass gut auf, Tim!«, schärfte Georg ihrem Hund ein. »Guter Hund. Wenn jemand kommt, dann bellst du!«

Tim nahm seine Aufgabe als Wachhund sehr ernst. Er setzte sich hin, hielt die Nase in den Wind und spitzte die Ohren – kein Geräusch, kein Geruch und keine verdächtige Gestalt würde ihm entgehen.

Die vier Kinder sahen einander an. »Also gut«, fing Julius an, »wir können uns nicht den kleinsten Patzer erlauben, alles muss auf Anhieb klappen. Wenn was schief geht, werden wir es nicht wieder richten können. Deshalb muss jede Kleinigkeit unseres Planes stimmen, aber ich finde immer noch …«

»Oh nein, nun fang doch nicht schon wieder damit an«, stöhnte Georg. »Ich weiß, wir riskieren eine Menge, aber wir haben uns nun mal dafür entschieden, und nun strengt euch an und überlegt, wie wir es anstellen sollen.«

Weil die Geschwister schwiegen, fuhr Georg fort: »Na, so furchtbar viele Möglichkeiten gibt es nicht. Wir müssen die Gefangenen aus diesem Keller rausholen. Dazu brauchen wir Feilen oder Sägen, damit wir die Gitterstäbe durchtrennen können, und Seile, um die beiden rauszuziehen.«

»An die Wachen hast du nicht gedacht, was?«, warf Richard ein.

»Wir arbeiten so leise, dass die überhaupt nichts mitkriegen.«

»Und du hast noch was vergessen«, erinnerte Julius seine Kusine. »Die Kolkovs sind gefesselt.«

»Aber nicht so fest«, sagte Anne. »Alex konnte trotz der Fesseln bis zum Fenster kriechen und mit mir reden.«

»Trotzdem wäre es besser, wenn sie sich frei bewegen könnten, bevor wir sie aus ihrer Zelle holen«, meinte Julius. »Ich frag mich, ob sie sich ihre Fesseln selber durchschneiden könnten, wenn wir ein Messer in ihr Gefängnis schmuggeln würden. Ein aufgeklapptes Taschenmesser. Dann könnten sie sich schon mal von den Fesseln befreien, während wir an den Gitterstäben arbeiten. Die Arme und Beine der beiden müssen doch schon ganz taub sein, wenn sie so lange in Fesseln gelegen haben.«

Anne stimmte ihrem großen Bruder zu.

»Vielleicht können sie uns sogar beim Durchtrennen der Gitterstäbe helfen«, meinte sie. »Die sind nicht besonders dick und ich glaube, rostig sind sie auch.«

»Okay, ich stecke ihnen ein Messer zu«, sagte Georg. »Und Richard und ich nehmen unsere Lassos mit.« Die beiden hatten sich eine Weile im Lassowerfen geübt und konnten inzwischen ziemlich geschickt mit ihren Lassos umgehen, die sie überallhin mitnahmen. Man konnte schließlich nie wissen, wann man mal dringend ein Lasso brauchte …

»Und was ist mit den Werkzeugen?«, wollte Richard wissen. »Wir haben keine.«

»Die können wir doch kaufen, Blödmann«, sagte Julius. »Feilen oder Eisensägen – ich schau mal, was ich kriege.«

»Und ich komm mit«, sagte Anne. »Falls uns die Wächter beobachten, denken sie, dass wir eine Radtour machen oder was zu essen einkaufen.«

»Und ich behalte die Festung im Auge, während ihr weg seid«, sagte Richard.

»Ich kümmere mich darum, dass Alex und sein Vater ein Messer kriegen, und ich stecke ihnen eine Nachricht zu, damit sie wissen, was sie zu tun haben«, sagte Georg.

»Wann geht es los?«, fragte Anne.

»Heute Nacht natürlich«, antwortete ihre Kusine. »Je eher wir die Kolkovs da rauskriegen, desto besser.«

Jetzt stand ihr Plan fest und sie gingen wieder den

Pfad zu ihren Zelten hinauf. Die Jungs und Georg halfen Anne, ein schnelles Mittagessen zu machen. Es gab gebackene Bohnen und Frikadellen. Vor dem Essen schaltete Richard sein Transistorradio ein, damit sie die Nachrichten hören konnten. Plötzlich spitzten die Kinder die Ohren. Der Nachrichtensprecher verlas eine interessante Meldung:

»Dies sind die neuesten Nachrichten von der Tenkendorf-Entführung. Von Professor Kolkov und seinem Sohn fehlt nach wie vor jede Spur. Aber der Spionagering KONTROLL, in dessen Gewalt die beiden sich befinden, hat zu den Behörden Kontakt aufgenommen …«

»Ist ja ein dolles Ding«, sagte Georg. Die Kinder lauschten angestrengt.

»Nach Angaben von KONTROLL sind die Gefangenen mit einer Privatmaschine in ein unbekanntes Land ausgeflogen worden …«

»Alles Lüge«, sagte Anne empört.

»Psst«, machte Georg. »Das müssen wir hören.«

»Die Entführer haben der Polizei ein Ultimatum gestellt. KONTROLL ist bereit, die Kolkovs gegen die beiden Männer auszutauschen, die sich auf der Konferenz von Tenkendorf als Professor Kolkov und dessen Sohn ausgegeben haben. Diese Männer namens Zekov und Rakin gelten als Spitzenspione. Zurzeit sind sie in Polizeigewahrsam. Die Entführer haben bislang von der Polizei noch keine Antwort auf ihr Angebot bekommen.«

»Da habt ihr's!«, rief Georg. »Wir müssen die Kolkovs so schnell wie möglich befreien, jetzt ist es dringender als je zuvor. Wenn dieser Austausch stattfindet, sind die üblen Hochstapler wieder auf freiem Fuß und können tun, was sie wollen. Die fangen doch gleich wieder damit an, für KONTROLL zu spionieren.«

»Aber wenn die Polizei nicht auf das Angebot eingeht, dann sind Alex und sein Vater in großer Gefahr«, sagte Richard.

Julius war schon aufgesprungen.

»Also, lasst uns keine Zeit verschwenden«, sagte er. »Ich fahr in den nächsten Ort und kaufe Werkzeug für die Befreiung.«

»Und ich schärfe die Klinge des Messers, das ich den Kolkovs zustecke«, sagte Georg. »Es muss ganz schön scharf sein, weil es ziemlich schwierig ist, sich mit gebundenen Händen von Fesseln zu befreien.«

»Einer von ihnen muss das Messer so gut wie möglich festhalten, während der andere das Seil, mit dem er gefesselt ist, über die Klinge zieht«, meinte Richard. »Das kann eine Weile dauern, aber so wird das schon klappen.«

»Oh«, seufzte Anne, »das will ich hoffen. Ich wünsche mir so, dass jetzt endlich alles wieder gut wird.«

# Fluchtvorbereitungen

Julius und Anne waren auf ihren Rädern davongefahren. Richard überprüfte die Lassos, während Georg ihr Messer schärfte. Als sie damit fertig war, wickelte sie es in ein Stück Papier, auf das sie eine Nachricht geschrieben hatte – extra groß, damit man es bei dem trüben Licht im Verlies auch lesen konnte. Ihre Botschaft lautete:

ZERSCHNEIDET DIE FESSELN HEUTE ABEND, NACHDEM DIE WÄCHTER ZUR RUHE GEGANGEN SIND. WIR WOLLEN EUCH HEUTE NACHT RETTEN. SEID BEREIT.
GEORG KIRRIN UND IHRE FREUNDE

Sie band ein Gummiband um das Päckchen. »So, ich mach mal einen kleinen Spaziergang um die Festung und werfe das Messer im Vorbeigehen durchs Kellerfenster. Ich halte mich da nicht länger auf und komm gleich wieder zurück. Die Spione werden keinen Verdacht schöpfen, auch wenn sie mich entdecken. Ich tu einfach so, als ob ich mit Tim spazieren ginge. Komm, Tim, alter Junge. Tim? Wo bist du denn?«

Tim war nicht an ihrer Seite ... Georg war total überrascht.

Wo steckt der Bursche bloß?, fragte sie sich.

Aber da hörten Georg und Richard auch schon sein Gebell. Tim stand am Ufer des kleinen Teiches, der etwa hundert Meter von ihrem Zeltplatz entfernt lag. Er bellte irgendetwas an, was sie allerdings nicht erkennen konnten.

»Was hat er denn jetzt schon wieder aufgestöbert?«, fragte Richard.

»Keine Ahnung. Lass uns mal nachsehen«, meinte Georg.

Sie liefen zum Teich hinüber. Tim sah sie kommen und schaute zu ihnen hin. »Wuff«, machte er klagend.

»Was machst du denn da, Tim?«, fragte Georg.

Tim fing wieder an, wild zu bellen. Und Georg und Richard prusteten laut los, nachdem sie den kleinen grünen Frosch entdeckt hatten, der mitten im Teich ganz friedlich auf einem Stein saß. Es sah fast so aus, als ob er sich über Tim lustig machen wollte.

Zuerst hatte Tim nur spielen wollen und er hatte den Frosch mit einem höflichen »Wuff« aufgefordert mitzumachen. Aber offensichtlich traute der Frosch so großen, haarigen Tieren nicht über den Weg. Er blieb auf seinem Stein sitzen und rührte sich nicht. Da war Tim der Geduldsfaden gerissen und er hatte dem Frosch ein paar Gemeinheiten in Hundesprache an den Kopf geworfen. Den Frosch kratzte das überhaupt nicht. Tim hatte darauf gezählt, dass Georg ihn unterstützen würde, und deshalb hatte er lauter gebellt, damit sie kam.

»Wuff, wuffwuff, wau, wau!«

»Quak«, machte der Frosch und starrte Tim mit hervorquellenden Augen an.

Georg prustete wieder los und Richard lachte auch.

»Echt, dieser Frosch sieht aus, als ob er sich totlacht«, sagte er. »Er lacht dich aus, Tim.«

»Ja, stimmt genau«, sagte Georg. »Tiere haben doch mehr Humor, als man immer denkt. Komm schon, Tim. Lass den Frosch in Ruhe, wir machen einen Spaziergang.«

Aber von diesem Vorschlag hielt Tim gar nichts. Er war jetzt richtig sauer auf das kleine grüne Tier, das nichts von ihm wissen wollte. Er konnte es aber leider nicht zu fassen kriegen. Darüber war er wütend. Tim ging ganz dicht ans Wasser heran und bellte wie verrückt.

Der Frosch antwortete ihm mit kräftigem Gequake und mit einem Satz sprang er los und landete direkt auf Tims Schnauze. Damit hatte der Hund nicht gerechnet; er verlor das Gleichgewicht und plumpste in den Teich.

Da er keinen Boden unter den Pfoten hatte, sank er bei dem Versuch, aus dem Wasser zu kommen, noch tiefer in den Teich und ging unter. Nur seine Nase ragte aus dem Wasser.

Der Frosch hatte wirklich Sinn für Humor. Er blieb ganz ruhig auf Tims schwarzer Nasenspitze sitzen.

Tim rettete sich endlich ans sichere Ufer und schüttelte sich kräftig; der Frosch sprang mit einem Satz ins Gras und die beiden standen sich nun gegenüber und starrten einander an. Der kleine Frosch schien mit den Augen zu rollen, als wolle er sagen: Fang mich doch, wenn du kannst.

Georg und Richard krümmten sich vor Lachen. An

die Gefangenen und den finsteren Spionagering dachten sie in diesem Moment überhaupt nicht mehr. Sie lachten und lachten, bis sie Seitenstechen bekamen – es war wirklich zu komisch. Tim, von oben bis unten mit Matsch bedeckt, funkelte seinen Gegner wütend an.

Mitten im Lachen keuchte Georg: »Komm, Tim. Lass das arme Tier in Ruhe. Es hat dir doch nichts getan.«

Aber nun war Tim richtig sauer, denn er konnte es nicht leiden, wenn er ausgelacht wurde, und dieser Frosch war ihm zu aufsässig.

Der Quaker zwinkerte mit seinen schweren Augenlidern. »Quak«, sagte er noch einmal. Und dann drehte er ihnen und dem Teich den Rücken zu, machte einen tüchtigen Sprung und verschwand im hohen Gras. Tim war außer sich. Er setzte ihm nach, aber das war zwecklos. Der Frosch war ihm mühelos entkommen, zwischen den hohen Grasbüscheln konnte er sich gut verstecken. Er sprang hin und her, bis Tim nicht mehr wusste, wo ihm der Kopf stand. Georg konnte gar nicht wieder aufhören zu lachen, aber sie hatte doch Angst, dass Tim dem kleinen Tier etwas zuleide tun könnte. Also lief sie ihrem Liebling hinterher und Richard folgte ihr.

Die wilde Jagd ging eine ganze Weile weiter. Tim raste vor Wut, und die Kinder kicherten, bis sie kaum noch Luft bekamen. Der Einzige, der ganz gelassen blieb, war der Frosch. Er sprang im Zickzack über die große Wiese, immer näher an die Festung heran.

Bald hatte er das Gemäuer erreicht, und schließlich sprang er auf einen Stein und ruhte sich in der Sonne aus – direkt vor dem Fenster des Verlieses, in dem die Kolkovs gefangen gehalten wurden. Anne hatte es den anderen gezeigt.

»Junge, Junge«, murmelte Georg. »Das ist doch *die* Gelegenheit!«

Und sie rannte geradewegs auf das vergitterte Fenster zu.

In wenigen Sekunden war alles vorüber. Der Frosch rettete sich mit einem kühnen Sprung, gerade als Tim ihn schnappen wollte.

Georg packte Tim am Halsband und dabei warf sie das sorgfältig mit ihrer Botschaft umwickelte Messer durch das Gitter. Sie blieb nicht einen Augenblick länger stehen als nötig und schleifte Tim am Halsband davon, während sie ihm ordentlich die Meinung sagte: »Oh, du schlimmer, schlimmer Hund!«, schimpfte sie, so laut sie konnte. »Hab ich dir nicht gesagt, dass du an der Festung nichts zu suchen hast? Es wimmelt hier nur so von bösen Schlangen. Die hätten dich beißen können.«

Sie lief mit Tim zurück zu den Zelten und Richard folgte ihr. Alle drei ließen sich ins Gras fallen und atmeten erst einmal ruhig durch.

»Puh«, keuchte Georg. »Das wäre geschafft. Die Kolkovs haben mein Messer und das haben wir Tims neuem Freund, dem Frosch, zu verdanken.«

Dann schaute sie Tim an und platzte wieder laut heraus. Richard lachte auch. Armer Tim! Wie er aussah! Von den Ohrenspitzen bis zu den Pfoten war er mit Matsch bedeckt, der in der heißen Sonne schnell trocknete. Er war ganz verkrustet. Sein Fell stand büschelweise ab, sodass er aussah wie ein seltsames Ungeheuer aus vorgeschichtlichen Zeiten.

»So kannst du nicht bleiben, alter Knabe«, sagte Georg. »Du wirst jetzt gebadet.«

Tim sah aus wie das lebende Elend auf vier Pfoten. Baden, das fand er furchtbar. Richard und Georg machten Wasser warm und fingen an, ihn vom Dreck zu befreien. Zum Glück hatten sie Shampoo eingepackt und bald war Tim von duftendem Schaum umhüllt. Er wirkte deprimiert. Wenn das jedes Mal die Folgen waren, würde er nie wieder Frösche jagen, das schwor er sich ...

Julius und Anne kamen erst spät am Nachmittag wieder. Mürrisch, weil sie häusliche Arbeiten nicht ausstehen konnte, hatte Georg damit angefangen, das Abendessen – es gab Koteletts – zuzubereiten. Anne war ja nicht da, um diese Aufgabe zu übernehmen. Georg war froh, als die beiden endlich wieder auftauchten.

»Na? Und?«, sagten die drei Kinder wie aus einem Munde.

»Ich hab den Kolkovs das Messer gebracht«, berichtete Georg.

»Und wir haben Eisensägen gekauft. Guckt mal«, sagte Julius.

»Nein, lass das, hol sie hier nicht raus«, sagte Richard schnell. »Zeig sie uns im Zelt. Wir müssen uns vorsehen, unsere Feinde haben uns voll im Blick.«

»Ja, du hast Recht«, meinte Julius. Sie krochen ins Zelt, und er zeigte ihnen die beiden kleinen Sägen, die er im Eisenwaren-Geschäft im nächsten Ort gekauft hatte.

»Nur zwei?«, fragte Georg erstaunt.

»Das Kellerfenster ist nicht besonders groß«, sagte Julius. »Mehr als zwei können nicht gleichzeitig sägen, sonst kommen wir uns in die Quere.«

»Ja, das ist wahrscheinlich richtig«, gab Georg zu. »Wir sollten eigentlich auch irgendwas tun, um das Geräusch etwas zu dämpfen. So eine Säge tönt ja ganz schön laut auf Metall.«

»Daran hab ich gedacht«, sagte Julius. »Wir wickeln Handtücher um die Gitterstäbe, dann vibrieren sie nicht so stark.«

»Hoffentlich klappt alles«, sagte Anne. Sie bekam langsam Angst. »Seid ihr sicher, dass wir es schaffen, die Gitterstäbe zu durchtrennen?«

»Du hast doch selbst gesagt, dass sie ziemlich verrostet sind«, sagte Julius.

»Ja, ich weiß. Aber hoffentlich erwischen uns die Spione nicht!«

»Anne, hör mal gut zu«, sagte Georg ernst. »Sag ich nicht immer wieder: Wer nicht wagt, der nicht gewinnt? Und das ist doch wahr. Kein Spiel ohne Einsatz!«

»Und der Zweck heiligt die Mittel und es ist noch nicht aller Tage Abend und tausend andere schlaue Sprüche hast du auch noch drauf«, sagte Richard grinsend.

Georg schubste ihn übermütig, Tim fing an zu bellen

und Richard rannte los, Georg hinter ihm her. Julius und Anne machten auch mit. Sie spürten alle, dass sie sich ein wenig ablenken mussten. Etwa zehn Minuten tobten sie über die Wiese, dann ging es ihnen allen sehr viel besser. Nur: Die Koteletts waren inzwischen verkohlt, aber das nahmen sie nicht weiter tragisch. Sie machten ein paar Dosen auf und Tim bekam die trockenen, verkohlten Fleischstücke.

»Was dem einen seine Eule, ist dem anderen seine Nachtigall«, murmelte Richard mit einem Blick auf Tim.

»Nun fang doch nicht wieder damit an!«, sagte Georg und tat, als sei sie sauer. »Stopf dir einfach ein Handtuch in den Mund, wenn du die Klappe nicht halten kannst.«

»Ja, tu das, du kannst dieses Geschirrhandtuch nehmen, aber vorher trocknest du damit ab. Ich spüle«, sagte Anne kichernd.

Als sie die Teller und Töpfe wieder in der Kiste verstaut hatten, blieb ihnen nichts mehr zu tun, als auf die Dunkelheit zu warten. Denn erst wenn es dunkel war, wollten sie ihren Rettungsversuch unternehmen.

Bis dahin war Zeit genug, um baden zu gehen. Sie

gingen jedoch nur zu zweit, weil man die Festung vom Strand aus nicht beobachten konnte. Während jeweils zwei Kinder sich im Meer abkühlten, blieben die anderen beiden bei den Zelten. Dort taten sie so, als ob sie aufräumten, oder sie spielten Karten. Aber in Wirklichkeit ließen sie die alte Festung keinen Moment aus den Augen. Dass die Kolkovs in ein anderes Versteck gebracht wurden, war zwar nicht wahrscheinlich, aber die Kinder wollten einfach nicht riskieren, dass sie etwas verpassten.

Schließlich ging die Sonne unter und es wurde langsam dunkel. Die Kinder löschten das Lagerfeuer und krochen in ihre Zelte. Aber natürlich legten sie sich nicht schlafen. Dazu waren die Fünf Freunde viel zu aufgeregt.

Drüben in der Festung schien sich nichts zu regen. Die Nacht war lau und still. Einige wenige Wolken trieben über den Mond und das war nicht genug. Die Fünf Freunde brauchten eine lang anhaltende Dunkelheit für ihre Rettungsaktion.

Schließlich wurde es Mitternacht. Das war die günstigste Zeit, um mit der »Arbeit« anzufangen. Beinahe lautlos krochen sie aus den Zelten und schlichen geduckt zu dem Kellerfenster der alten Festung. Tim folgte ihnen.

Zum Glück war der Mond endlich hinter einem großen Wolkenfeld verschwunden, aber Georg machte sich trotzdem Sorgen. Ob die beiden Kolkovs es wohl geschafft hatten, sich von den Fesseln zu befreien? Hatten die Spione sie vielleicht in einen anderen Raum geschleppt? Dann müssten sie ganz von vorn anfangen.

Schließlich erreichten die Fünf Freunde das Kellerfenster. Sie verhielten sich ganz still. Georg steckte die Nase durch die Gitterstäbe und flüsterte in die Dunkelheit: »Professor Kolkov? Alex? Seid ihr da? Ich bin's, Georg Kirrin. Ich hab Ihnen heute früh das Messer reingeworfen.«

Die Stimme eines jungen Mannes antwortete ihr ganz leise und aus nächster Nähe.

»Ja, und vielen Dank, Fräulein Kirrin. Mein Vater und ich sind hier, und wir haben es geschafft, unsere Fesseln durchzuschneiden.«

»Gut«, sagte Georg erleichtert. »Meine Vettern und ich werden jetzt die Gitterstäbe durchsägen. Das Werkzeug haben wir dabei.«

»Gebt mir doch auch eine Säge«, sagte Alex Kolkov.
»Ich will mithelfen, damit wir hier endlich rauskommen.«

»Bitte machen Sie schnell, Fräulein Kirrin, und haben
Sie herzlichen Dank«, kam eine andere Stimme aus
dem Keller.

Das war natürlich Professor Kolkov, der echte Professor Kolkov!

Julius, Richard und die beiden Kolkovs teilten sich die Arbeit. Anne und Georg hielten derweil Wache und Tim unterstützte sie dabei.

Jeder hatte sich einen Stab vorgenommen, der mit einem Handtuch umwickelt war, aber man konnte die Sägegeräusche an dem Metall trotzdem hören.

Als Alex und Julius lahme Arme bekamen, übernahmen Richard und der Professor die Arbeit. Leider ging es nicht so schnell voran, wie die Kinder gehofft hatten. Die Sägen waren nicht besonders gut und keiner von ihnen war an diese Art Arbeit gewöhnt. Außerdem arbeiteten die Kolkovs in einer ungünstigen Position. Sie standen im Keller auf einer Kiste und mussten sich strecken, um überhaupt an das Gitter heranzureichen.

Georg konnte es kaum aushalten, so ungeduldig war sie. Sie glaubte schon nicht mehr, dass es ihnen überhaupt gelingen würde, diese Gitterstäbe zu durchtrennen. Bestimmt würde sie bald irgendjemand hören. Und auch Anne machte sich schreckliche Sorgen. Tim dagegen verhielt sich ganz ruhig. Er hätte ebenso gut eine in Stein gehauene Statue sein können. Nur sein wachsamer Blick und seine gespitzten Ohren verrieten, dass er hellwach war und gut aufpasste.

Plötzlich hob er den Kopf und fing an zu knurren. Und im selben Moment hörte man ein lautes Geräusch aus dem Keller und ein helles Licht ging an. Steif vor Schreck starrten Richard und Julius in die Gefängniszelle.

Zwei Männer standen da. Sie hatten die Tür gerade aufgestoßen und – sie zielten mit Pistolen auf die Kolkovs.

# Die Entscheidung

»Keiner rührt sich!«, befahl einer der Männer. »Fessel die beiden wieder, mach schnell!«

Der andere Mann steckte seine Pistole zurück ins Halfter und machte sich daran, den Kolkovs erneut Fesseln anzulegen. Die Armen, sie wussten gar nicht, wie ihnen geschah, und waren nicht dazu fähig, sich zu wehren. Der andere Mann hatte seine Pistole immer noch auf sie gerichtet.

Julius nahm sich zusammen. Er sprang auf und rief: »Haut ab, schnell!« Aber es war zu spät. Als Julius, Richard, Georg und Anne in die Dunkelheit hinein fliehen wollten, kamen zwei weitere Männer aus dem Schatten des Gemäuers und verstellten ihnen den Weg.

»Oh nein, es sind mehr als zwei«, stöhnte Georg.

»Wir sind zu viert, junger Mann«, sagte einer der beiden Neuen übertrieben gut gelaunt. Er sprach mit leichtem Akzent. Wie so viele andere Leute, hielt auch er Georg für einen Jungen. Meistens amüsierte sie sich über diesen Irrtum, aber heute Nacht konnte sie nichts Lustiges daran finden. Ihr Plan war gescheitert.

»Ja«, fuhr der Mann fort, »vier von uns stehen ganz zu eurer Verfügung, wir werden dich und deine Freunde jetzt erst mal hübsch verschnüren. So, Kinder, ihr wolltet also unseren Gefangenen zur Flucht verhelfen, was? Ich fürchte, wir sind von Natur aus etwas zu misstrauisch – und wir sind doch noch etwas listiger als ihr.«

»Listig oder was auch immer«, stieß Georg wütend hervor, »Sie sind Entführer und Spione, darauf kann man wohl nicht stolz sein.«

»Aber, aber, mein Junge, halt lieber den Mund, sonst müssen wir dich auch noch knebeln. Und das würde dir doch bestimmt nicht gefallen, was?«

»Lassen Sie meine Kusine Georgina in Ruhe oder es wird Ihnen Leid tun«, brüllte Richard.

»Na so was, hört euch den an!«, sagte der Mann. »Dieses kleine Plappermaul ist also deine Kusine, wer hätte das gedacht. Pech gehabt! Hier werden alle gleich behandelt, Mädchen und Jungs, und weil ihr so scharf drauf seid, unseren Gefangenen Gesellschaft zu leisten, könnt ihr gleich bei ihnen bleiben.«

Alle vier Männer waren bewaffnet. Julius war klar, dass es sinnlos war, Widerstand zu leisten. »Sei still, Georg«, flüsterte er seiner Kusine zu. »Und du auch, Richard. Wein doch nicht, Anne.«

Anne strömten die Tränen über die Wangen, aber sie sagte kein Wort. Die arme Kleine, sie hatte gar nicht mal so viel Angst davor, dass ihr etwas zustoßen würde – nein, es tat ihr so sehr Leid, dass aus der Rettungsaktion nichts geworden war.

»Na, jedenfalls einer, der weiß, was gut für ihn ist«, sagte der Mann und lachte. »Wir fesseln euch jetzt alle, aber ich glaube, dass ihr schon bald wieder frei sein werdet.«

»Kommt ganz drauf an, wie die Polizei auf das Angebot von KONTROLL reagiert«, erklärte sein Partner.

Während die anderen redeten, fesselte er die Kinder.

Georg fragte sich, wo Tim eigentlich steckte, denn sie konnte ihn nirgendwo entdecken. Sie hoffte nur, dass er die Spione nicht angriff, schließlich waren die alle bewaffnet.

Aber bald wusste sie, wo er war. Der zweite der Spione hatte Julius, Richard und Anne bereits die Hände auf dem Rücken zusammengebunden und wollte mit

Georg das Gleiche machen. Doch als er sie anfasste, schoss eine Gestalt aus der Dunkelheit – und der Mann heulte laut auf.

Er war kräftig in ein gut gepolstertes Körperteil gebissen worden.

»Au, aua, au!«, rief er und ließ Georg los.

Sie dachte, sie könnte die Gelegenheit nutzen und weglaufen, aber der andere Mann machte das unmöglich. Er packte sie und hielt sie fest. Fassungslos vor Wut, sah Georg, wie der Mann, den Tim angefallen hatte, seine Pistole auf den Kopf ihres Hundes niedersausen ließ. Ohne das geringste Winseln sank Tim zu Boden und blieb dort reglos liegen.

»Oh, Sie gemeiner Kerl! Sie haben ihn umgebracht!«, schrie Georg.

»Halt die Klappe oder du bist als Nächste dran«, knurrte der Mann wütend. »Geschieht dem dreckigen Köter recht!« Und er versetzte dem armen Tim einen furchtbaren Tritt, dann hob er den schlaffen Körper vom Boden auf und schleuderte ihn in ein nahe gelegenes Brombeergestrüpp.

Die arme Georg. Vor Tränen konnte sie nichts mehr sehen und an Widerstand war überhaupt nicht zu denken. Willenlos ließ sie sich fesseln. Das hier, das konnte sie nicht ertragen.

Die Männer kümmerten sich nicht mehr um Tim, sondern schleppten die hilflosen Kinder in die Festung. Wenig später wurden sie grob neben die Kolkovs auf den Boden gestoßen. Auch sie waren gefesselt. Es war hoffnungslos. Die Männer hatten das Gitter überprüft und die Sägen eingesteckt. Sie ließen die Gefangenen im Dunkeln liegen. Nur der Mond warf ein wenig Licht in das finstere Verlies.

»Da stecken wir ja ganz schön tief im Dreck«, murmelte Julius – und sprach damit aus, was alle dachten.

»Ach du liebe Zeit«, seufzte Professor Kolkov. »Nun sind vier tapfere Kinder wegen uns in solch große Gefahr geraten.«

»Machen Sie sich doch darüber keine Gedanken«, sagte Richard ernst. »Eigentlich ist es andersrum, Sie müssten uns böse sein. Wenn wir gleich zur Polizei gegangen wären und nicht versucht hätten, Ihre Rettung selbst in die Hand zu nehmen, dann wären Sie jetzt vielleicht schon frei.«

Julius erzählte dem Professor, was sich im Felsenhaus abgespielt hatte. Er berichtete, wie die beiden

Hochstapler Zekov und Rakin verhaftet worden waren und dass Georg in der Schlossruine das Taschentuch mit der Botschaft gefunden hatte. Richard und Anne ergänzten seinen Bericht. Und die Kolkovs erzählten den Kindern ihre eigene Geschichte. Sie waren so voll Hoffnung gewesen, als sie das Messer bekommen hatten.

Georg war völlig verstummt. Richard bemerkte als Erster, wie ruhig seine Kusine war. Er konnte sich denken, warum sie nichts sagte.

»Kopf hoch, Georg«, sagte er. »Tim kann was vertragen. Ich bin sicher, er ist nicht tot.«

»Tim?«, sagte der Professor beunruhigt. »Ist das noch einer von euch? Ist jemand verwundet worden?«

»Tim ist mein … mein Hund«, sagte Georg und schniefte. »Und diese schrecklichen Männer haben ihn ganz fürchterlich geschlagen. Er wollte uns helfen.«

»Echt, Georg, der hat einen harten Schädel«, sagte Richard und versuchte, sie aufzumuntern. Aber Georg schniefte nur noch lauter als zuvor.

»Wenn er nicht tot wäre, dann würde er jetzt vor dem Fenster stehen, damit wir wissen, dass er lebt«, sagte sie traurig.

»Vielleicht ist er ja bewusstlos«, sagte Julius. »In der

kühlen Nachtluft kommt er bestimmt schnell wieder zu sich, und dann wird er versuchen, zu uns zu kommen.«

»Ja, und nächstes Mal bringen sie ihn dann um. Armer alter Tim. Er war so ein lieber, treuer Hund.«

Man konnte Georg einfach nicht trösten. Es machte ihr nicht einmal etwas aus, dass andere sie weinen sahen. Ihre Vettern und ihre Kusine waren an diesen Anblick überhaupt nicht gewöhnt, sie wussten gar nicht, was sie sagen sollten. Auch sie waren den Tränen nahe.

»Das tut mir aber schrecklich Leid«, murmelte der Professor.

Alex war klar, dass Georg sich nicht trösten lassen würde, deshalb wechselte er das Thema. Die Zeit wurde knapp, wenn es überhaupt noch Hoffnung auf eine Flucht geben konnte. Er zerrte angestrengt an seinen Fesseln.

»Wir wissen doch noch gar nicht, ob dein Hund tot ist«, sagte er zu Georg. »Und wir müssen hier raus, damit wir nachsehen können, was mit ihm los ist. Also sollten wir erst mal diese Fesseln durchschneiden.«

Erstaunt starrten die anderen ihn im Mondlicht an.

Alex lächelte. »Ja, ihr habt richtig gehört«, sagte er.

»In der Aufregung haben die Männer von KONTROLL ganz vergessen, Georgs Messer mitzunehmen. Ich konnte es mit dem Fuß unter meine Matratze schieben.«

Eine Weile wand und drehte er sich hin und her, dann schaffte er es, das Messer aus dem Versteck zu holen. Er umfasste es mit gebundenen Händen. »Ich hab es«, sagte er. »Wer will zuerst?«

Richard rollte sich zu Alex rüber und rieb schon seine Fesseln gegen die Messerklinge. Er strengte sich sehr an und schon bald war er frei. Im nächsten Moment hatte er auch seine Fußfesseln durchschnitten, und dann half er, die anderen zu befreien.

Sobald Julius sich wieder rühren konnte, ging er ans Fenster. Sie hatten zwar einen der Gitterstäbe angesägt, aber leider war das nicht genug – er war noch ganz stabil.

»Ich weiß was«, sagte Georg. »Wir schlingen ein Seil um den Stab und dann ziehen wir alle gemeinsam daran.«

Richard befestigte gleich das Seil und die sechs Gefangenen zogen, so fest sie konnten. Schon im nächsten Moment lagen sie übereinander und untereinander auf

dem Boden. Der Gitterstab war nicht zerbrochen, er hatte sich einfach aus seiner Verankerung gelöst. Zum Glück hatte das nicht allzu viel Lärm gemacht, denn das Eisenteil war auf Alex' Matratze gefallen und nicht auf den harten Boden.

Dieser Erfolg beflügelte sie. »Lasst uns doch mal versuchen, ob das auch bei den anderen Stäben funktioniert«, sagte Anne.

»Aber dieses Mal sollten wir nicht so stark ziehen«, meinte Georg. »Wir wollen doch nicht, dass die Wächter was mitkriegen.«

Doch der zweite Gitterstab löste sich nicht so leicht wie der erste. Zunächst rührte er sich keinen Millimeter von der Stelle, doch als sie sich alle ordentlich anstrengten, gab er schließlich nach. Ein mittelgroßer Mann hätte ohne Schwierigkeiten durch die entstandene Lücke schlüpfen können, und so hatten die Kinder überhaupt keine Probleme, den Keller zu verlassen.

Georg und Richard kletterten als Erste nach draußen. Sie waren beide gut durchtrainiert und gelenkig. Julius, Anne und Alex folgten ihnen. Schließlich schaffte es auch Professor Kolkov, dem Gefängnis zu entkommen. Und da standen nun alle sechs im Mondschein.

»Hier können wir nicht bleiben«, sagte der Professor. »Die Entführer werden bald merken, dass wir geflohen sind.«

»Wir haben vier Räder«, sagte Julius, der blitzschnell nachgedacht hatte. »Sie, Ihr Sohn, meine Schwester und meine Kusine sollten sie nehmen. Bringen Sie sich irgendwo in Sicherheit und holen Sie so schnell wie möglich die Polizei. Mein Bruder und ich kommen nach, wir nehmen eine Abkürzung.«

»Nein, ihr alle fahrt los«, sagte Georg. »Du kannst Anne auf deinem Gepäckträger mitnehmen, Julius. Ich bleibe hier. Ohne Tim geh ich nirgendwohin.«

»Nun sei doch nicht albern, Georg«, sagte Julius. »Wir haben keine Minute zu verlieren. Ich versprech dir, wir kommen wieder und suchen Tim.«

»Ich geh aber nicht ohne ihn«, sagte Georg störrisch.

»Dann bleib ich bei dir«, sagte Richard. »Wir suchen ihn und wenn er noch lebt, nehmen wir ihn mit.«

Die beiden Kolkovs sahen einander an. »Geh du, Vater«, sagte Alex. »Dich wollen sie haben, deine Freiheit können wir nicht aufs Spiel setzen. Ich bleibe bei Georg und Richard.«

»Julius, du begleitest den Professor und nimmst Anne mit«, sagte Richard. »Du kannst Hilfe holen, während wir Tim suchen.«

Sie redeten noch im Flüsterton miteinander, da war Georg schon in dem Brombeergestrüpp verschwunden, in das der Spion den armen Tim geschleudert hatte. Aber so intensiv sie auch suchte, sie konnte ihren geliebten Hund nicht finden.

»Oh nein«, murmelte sie. »Haben sie ihn vielleicht geholt und ins Meer geworfen? Oder ist er zu sich gekommen und hat sich irgendwo verkrochen, um dort zu sterben?«

Sie suchte auch die Umgebung ab. Die Kolkovs und ihre Vettern diskutierten währenddessen immer noch miteinander, wer nun fahren und wer bleiben sollte.

Plötzlich hörten sie wütende Schreie aus der Festung.

Sie verstummten auf der Stelle. Die Männer von KONTROLL hatten wohl gerade entdeckt, dass ihre Gefangenen geflohen waren.

»Jetzt ist alles aus«, sagte Julius leise. »Wir hätten sofort weglaufen sollen, nun sind wir geliefert.«

Trotzdem rannte er zu den Rädern und alle außer Georg folgten ihm. Aber sie kamen nicht einmal bis zu den Zelten, da waren die vier Spione schon hinter ihnen her. Und gegen vier bewaffnete Männer konnten sie nichts ausrichten.

In diesem Moment hörte Georg ein Geräusch. Sie war ja hinter den anderen zurückgeblieben und hatte sich in der Dunkelheit zusammengekauert. Und mit einem Mal war sie so glücklich, dass sie lächelte.

»Tim«, flüsterte sie.

Da erklang das Geräusch wieder: ein Bellen aus der Ferne. »Wuff, wuff.«

Es kam vom anderen Ende der Wiese, dort ging es bergab, den Klippenpfad hinunter. Georg achtete gar nicht auf den Ginster, der ihre Beine zerstach, sie rannte, so schnell und so leise sie konnte, auf das Bellen zu. Als sie den Pfad erreicht hatte, sprang ihr etwas Weiches und Warmes in die Arme. Es war Tim, ihr Tim!

Er leckte ihr mit Hingabe das Gesicht, doch plötzlich bemerkte Georg die schattenhaften Gestalten, die um sie herumstanden. Sie erkannte ihren Vater und den Inspektor und dessen Männer.

»Vater, Vater! Ich bin so froh, dass du hier bist!«, rief sie und warf sich ihrem Vater in die Arme.

»Psst, mein Kind«, sagte Onkel Quentin. »Wir sind

mit dem Auto gekommen, aber wir wollten lieber zu Fuß zur Festung hochgehen, deshalb haben wir den Wagen ein Stück weiter weg geparkt.«

»Aber wie ...?«, fing Georg an.

»Tim war es, der Alarm geschlagen hat«, sagte Onkel Quentin. »Er kam mit blutiger Nase und einer Beule am Kopf nach Hause. Es ging ihm so schlecht, dass Mutter und ich es richtig mit der Angst zu tun bekamen. Aber Tim wollte uns nicht mal seine Wunden anschauen lassen, er wollte nicht mal etwas trinken, sondern hat mich sofort auf die Straße gezerrt. Dabei hat er sich immer wieder umgeschaut, um nachzusehen, ob ich auch hinter ihm herkomme. Ich hab mir dann gleich gedacht, dass ihr Kinder in Schwierigkeiten seid, und hab sofort die Polizei angerufen. Dann sind wir hierher gekommen. Tim ist uns gefolgt, obwohl er so erschöpft war. Aber was ist eigentlich los, Georg? Du siehst ja furchtbar aus. Deine Sachen sind ganz zerfetzt, du bist völlig zerkratzt und du blutest. Und wo sind die anderen?«

»Da oben – mit den Kolkovs –, sie versuchen, vor den KONTROLL-Leuten zu fliehen«, sagte Georg ziemlich kleinlaut.

»Was?«, riefen Onkel Quentin und die Polizisten im Chor.

»Erklär ich später! Wenn Tim nicht gewesen wäre, säßen wir jetzt richtig in der Klemme. Schnell, wir müssen ihnen helfen«, rief Georg. »Aber Vorsicht! Die Spione sind bewaffnet.«

Der Inspektor sprach leise mit seinen Männern und sie gingen schweigend weiter. Das war eine fette Beute für sie!

Sie griffen schnell, unerwartet und gründlich zu. Die vier Männer von KONTROLL, die alle Hände voll damit zu tun hatten, die drei Geschwister und die Kolkovs wieder einzufangen, bekamen kaum mit, was eigentlich passierte. Im Handumdrehen wurden sie überwältigt und es wurden ihnen Handschellen angelegt. Das Gesetz hatte gesiegt, und zwar auf der ganzen Linie. Und der KONTROLL-Spionagering war endgültig zerschlagen.


Die Sonne ging schon über dem Meer auf, als die Polizisten, Onkel Quentin, die Fünf Freunde, die beiden echten Kolkovs und die Spione sich auf den Weg nach

Felsenburg machten. Die Spione wurden auf der Polizeiwache von Felsenburg in Zellen gesperrt. Onkel Quentin, die Kinder und Kolkovs fuhren ins Felsenhaus. Dort wartete die sehr besorgte Tante Fanny schon auf sie. Professor Kolkov und Alex erzählten ihr, wie die Kinder ihnen geholfen hatten. Aber Onkel Quentin meinte, sie sollten jetzt nicht allzu viel Aufhebens von der Geschichte machen und lieber zu Bett gehen. »Später werden wir in Ruhe und ausführlich über alles reden«, sagte er.

Bevor Georg nach oben auf ihr Zimmer ging, drehte sie sich noch einmal zu den anderen um. Sie strahlte. »Also, wenn hier jemand eine Medaille verdient hat, dann ist es Tim. Gleich als er wieder zu sich gekommen war, wusste er, dass er Hilfe holen musste. Ich sage euch: Mein Hund ist tausendmal schlauer als alle diese Spione von KONTROLL.«

Da wollte und konnte ihr keiner widersprechen.